LISA CHRIST

IM WILDEN FRUCHTFLEISCH DER ORANGE

ILLUSTRATIONEN
ANTONIA VÖGELI

knapp

INHALT

FILME

Ende. Habt ihr euch schon mal gefragt, wie ein Film weitergeht, wenn ihr aus dem Kino lauft? Dann, wenn alle glücklich verheiratet sind? Wenn alle Kinder ihren Hund haben? Wenn alle Mütter ihre Teenager zur Vernunft gebracht haben? Wenn der Held seine Burg erobert, den Drachen erschlagen und das Weib flachgelegt hat?

Nach einem Film gibt es da so eine Phase von bedrückender Leere, die Gott sei Dank schnell wieder verschwindet.
Gebt es zu, auch ihr verdrängt solche Gedanken, denn auch ihr wollt euch nicht den Kopf darüber zerbrechen, wie es weitergehen würde.
Der Punkt ist nämlich der: Es gibt kein Leben nach dem Film! Denn ein Film beinhaltet so viele wesentliche Momente eines Lebens, wie ein Leben nur haben kann. Da folgt ein wichtiger Augenblick auf den nächsten: ein Blick. Zack. Er sieht ihr nach. Zack. Angefahren, Krankenhaus. Zack. Sie ist Krankenschwester. Zack. Sex. Zack. Streit. Zack. Sie versöhnen sich. Zack. Heirat. Ende.
Bei uns geschieht mal hin und wieder etwas. Aber in Filmen, wisst ihr, in Filmen – und das ist das

Faszinierende daran –, in Filmen wird ein Leben auf die Grundessenz beschränkt. Wenn das Leben eine Orange wäre, dann wäre der Film das Konzentrat des ausgepressten Nektars. Wisst ihr eigentlich, was wir alles tun, was in Filmen nie getan wird? Wie viele Orangen wir fressen, bis wir bemerken, dass der konzentrierte Nektar das Beste ist?

Wisst ihr, wie viel Zeit wir auf dem WC verbringen? Hm?

Wie lange wir am Schalter anstehen, weil wir ein neues GA brauchen?

Wisst ihr, wie lange wir in unserem Leben der Frau hinter dem Schalter erklären müssen, dass wir zwar sechzehn sind, aber doch ein halbes Billett haben müssen, weil wir das Halbtax besitzen? Wisst ihr, wie viel Zeit es benötigt, um sich zu pflegen? Um sich anzuziehen? Um zu duschen? Um die Haare zu föhnen? Deo aufzutragen? Die Haut einzucremen? Zum Augenbrauenzupfen?

Zum Velopumpen? Wisst ihr eigentlich, wie viel Zeit es braucht, einen Backofen zu reinigen?! Wie lange wir in unserer Wohnung hin und her latschen, weil wir immer wieder etwas vergessen? Wie viele Stifte wir leerschreiben? Wisst ihr, wie viele Stunden draufgehen, weil wir dann einen neuen Stift holen müssen? Wie lange wir uns überlegen, ob die Jeans von Tally Weijl wohl die zwanzig Franken wert sind? Wie lange wir in

unserem ganzen Leben einfach nur warten? Vielleicht auf Leute, die wir gar nicht sehen wollen? Wisst ihr, wie lange wir dumm rumstehen? Wie lange wir uns überlegen, in welche Bar wir heute Abend gehen? Wisst ihr, wie lange wir uns in unserem Leben den Arsch abfrieren, weil wir die Hosen von Tally Weijl dann eben doch gekauft haben? Wisst ihr, wie lange wir uns über falsch getroffene Entscheidungen ärgern? Wie lange wir nicht zuhören und wie lange wir doppelt warten müssen, weil es dann halt eben doch wichtig gewesen wäre? Wisst ihr, wie viel Zeit wir für Mitleid brauchen, weil wir jedes Mal in der Bahnhofsunterführung unser Portemonnaie aus unserer Tasche kramen müssen, um dem Penner einen Franken zu geben? Wie lange wir brauchen, um all die Greenpeace-Aktivisten zu verscheuchen? Wisst ihr, wie lange wir auf die verpassten Züge warten müssen, weil uns ebendies nicht gelingt?

Ja. Ihr wisst es. Es ist lange. Verdammt lange sogar. Aber woher sollen wir denn wissen, wo unser persönliches Happy End wartet? Wir haben kein Drehbuch. Keinen Regisseur. Und wir erwachen auch nicht geschminkt und mit toller Frisur morgens um neun neben einem heiss begehrten Mann, mit dem wir die ganze Nacht gefeiert haben. Nein. Wir sind stinknormal. Wir wachen auf, weil wir vergessen haben, das Handy auszu-

schalten und unsere Oma anruft, um uns zu fragen, wie's denn so geht. Und das ist genau der Punkt. All das ist die Orange um den Nektar.
Vielleicht ist der Penner ja der Cousin eines Neffen des Vetters einer Tante, die eine Tochter hat, welche deinen Traummann kennt.
Woher sollst du das wissen? Du kannst es nicht wissen! Du musst es irgendwie erfahren. Am eigenen Leib. Und sei es durch den Typen, der am nächsten Morgen ganz anders aussah als am Abend zuvor. Er könnte ja was wissen.
Als 0815-Menschen (und das sind wir alle) müssen wir uns den Weg zum Nektar bitter erkämpfen. Wir sind dazu geboren, ein Leben zu leben, das uns viele Momente beschert, die wir schnell wieder vergessen. Momente im wilden Fruchtfleisch der Orange, durch die wir uns durchkämpfen, auch wenn alles gleich aussieht, die wir zerreissen, auspressen und aussaugen müssen, um weiterzukommen. Aber je mehr von diesen Momenten wir hinter uns haben, je härter wir kämpfen, desto mehr Nektar wartet am Ende und desto süsser ist sein Geschmack. Denn es gibt Momente, in denen auch wir uns wie Filmhelden fühlen, weil wir einfach einmal im Leben zur richtigen Zeit am richtigen Ort waren.
Und genau das, genau diese ganze Schlachterei um den Kern der Orange, genau das ist der Sinn des richtigen Lebens. Denn wie sich herausstellt,

werden wir den Nektar nicht nur im Innersten der Orange finden. Nein. Er ist in der Orange überall verteilt und wir werden ihn finden, früher oder später. Und dann wird das besser sein als jeder Film. Denn Filme, Filme hören da auf, wo das Leben beginnt.

HEULER

Einfach anfangen. Einfach anfangen. Einfach anfangen zu schreiben und aufhören zu denken. Aufhören zu denken. Aufhören, nicht zu denken. Fernsehen macht dumm. Werbung stimmt überhaupt nicht. Ich finde, Werbung ist nicht wahr. Ich glaube einfach nicht, dass Vanish Oxi Action so rein macht wie niemand sonst, ohne die Stoffe anzugreifen. Ich glaube nicht, dass man dieses Mittel für alles gebrauchen kann. Ich glaube auch nicht, dass Zewa Wisch&Weg so eine umwerfende Wirkung hat. Die grossen Schandflecken, wie zum Beispiel Probleme mit Männern, muss man trotzdem immer selber wegmachen. Ich glaube nicht, dass der Superlipgloss von Jade Maybelline wirklich sechs Stunden dauerhaft hält, ohne seinen Glanz zu verlieren. Jeder verliert mal seinen Glanz. Ich glaube nicht, dass man nach dem Sex einen V6-Kaugummi einwerfen muss, bloss weil er V Sex heisst. Ich glaube nicht, dass Geox-Schuhe verhindert hätten, dass meine beste Freundin was mit meinem Freund anfängt. Ich glaube nicht, dass LC1 mich von meinen Blähungen nach einem Familienessen erlösen würde. Ich glaube, Werbung ist scheisse und bin der Meinung, dass

Fernsehen auch nicht mehr das ist, was es mal war. Man kann sich nach einem Missgeschick, das niemand verhindern konnte, nämlich nicht einfach hinlegen, Schokolade essen und heulen. Weil die traurigen Filme mittlerweile so traurig sind, dass man schon wieder lachen muss, und die lustigen so blöd, dass man doch lieber die traurigen schaut. Ausserdem wird man dauernd von diesen Werbefallen unterbrochen. Ich will verdammt noch mal keinen glänzenden Auftritt vor dem Ex, weil ich ihn gar nie mehr wiedersehen will. Ich verkrieche mich hier vor dem Fernseher, weil ich nicht raus will. Weil ich mich nicht waschen will. Weil ich stinken will und ungesundes Essen zu mir nehmen will. Ich will nicht fit sein für die Badesaison, ich will fett werden und allen Leuten den Sommer so richtig vermiesen, weil ich so dick bin. Ich will, dass die Leute sich mit Hechtsprüngen aus der Badeanstalt verdrücken, weil sie meinen Anblick nicht ertragen können. Ich will, dass die Klingel kaputt ist für mindestens einen Monat. Ich will nie wieder jemanden sehen. Ausser George Clooney in der Nespresso-Werbung. Und warum, warum gibt es im Fernsehen eigentlich immer nur schöne Frauen? Gibt es denn keine Kosmetikartikel für hässliche, vereinsamte, betrogene und verzweifelte Frauen? Frauen wie mich? Für Menschen, denen die Sonne nicht aus dem Arsch rausscheint? Fernsehen ist scheisse.

Aber was soll ich denn sonst tun? Putzen? Nein! Dann spiegelt sich mein Gesicht in den glänzenden Armaturen wider. Ich ertrage meinen Anblick nicht. Ich habe versagt und ich habe verloren. Ich bin die traurigste Person auf der ganzen Welt. Niemand liebt mich. Ich bin ganz allein. Es ruft mich nie jemand an. Kein Schwein interessiert sich für mich. Nicht mal mein Meerschwein mag mich. Auch der Fernseher wird immer gemeiner. Ich habe das Gefühl, dass der Nachrichtensprecher von SRF eine persönliche Abneigung gegen mich hat. Er schaut immer so böse, wenn er vom Balkan spricht. Meine Träume, Kinder zu kriegen, kann ich jetzt auch vergessen. Die Sendungen über drogenabhängige Jugendliche, die von zu Hause weggelaufen sind, sind eine Zukunftsvision bei einer Mutter wie mir. Ich krieg's ja noch nicht mal auf die Reihe, länger als einen Monat einen Freund zu haben. Ich bin so eine Niete. Ich weiss gar nicht, wie meine Eltern es verantworten konnten, mich in die Welt zu setzen. Man sollte sie verklagen. So einen Wurm wie mich will doch niemand zum Freund haben. Ich bin so eine Versagerin. Ich fange schon an zu weinen, wenn ich zu weit von der Fernbedienung weg sitze, weil ich einfach davon überzeugt bin, dass das eine extra ausgedachte Gemeinheit des Schicksals ist. Und die ganze Scheisse von Parship ist doch die reinste Lüge. Auch wenn sie versprechen, den richtigen

Partner für alle zu finden. Für jemanden wie mich gibt es einfach keinen Mann. Oder sollen wir zusammen heulend fernsehen? Ich bin die schlimmste, hässlichste, pickligste, ekligste, kleinbusigste, unsexieste, fetteste, faulste, dümmste, profilloseste, unrasierteste, schäbigste, unpünktlichste, schwächste, unbedeutendste, asozialste, abscheulichste, heruntergekommenste, blödeste, unkreativste, kontaktloseste, trotteligste, hinterwäldlerischste, spiessigste, untrainierteste, ungewaschenste, geschmackloseste, lächerlichste, widerlichste, einfallsloseste, unbeliebteste, unwichtigste, abstossendste, peinlichste, stinkendste und trägste Person, die es je gegeben hat. So. Das war's. Viel Spass noch.

SÄEN

Ich bin über- und unterfordert. Fühle mich gelangweilt und trotzdem gestresst, bin müde und kann trotzdem nicht schlafen. Ich bin ständig in Gesellschaft und trotzdem einsam. Bin unterwegs und doch immer am gleichen Punkt. Und ich kann mich nicht mehr konzentrieren, sobald mein Computer läuft. Dabei möchte ich doch so gerne mal was erleben. Ich möchte so gerne was erreichen, so gerne was bewegen. Und ich will's nicht immer allen recht machen müssen.

Unsere Gesellschaft besteht aus notorischen Allen-immer-alles-recht-machen-Müssern. Ich muss ausgehen, damit meine Freunde mit mir Spass haben, aber nicht so lange, dass meine Eltern am nächsten Tag keinen Spass mehr haben. Ich muss meiner Freundin sagen, dass ihr Neuer okay ist, weil sie ihn ja liebt. Was nichts daran ändert, dass er ein Arsch ist. Ich muss Leute grüssen, die mich schon von Weitem abstossen, ich muss Gesundheit sagen, wenn jemand niest, ich muss aufstehen, wenn eine alte Frau im Bus auf meinen Platz will, ich muss meine Tasche vom Sitz im Zugabteil nehmen, wenn ein nach Schweiss stinkender

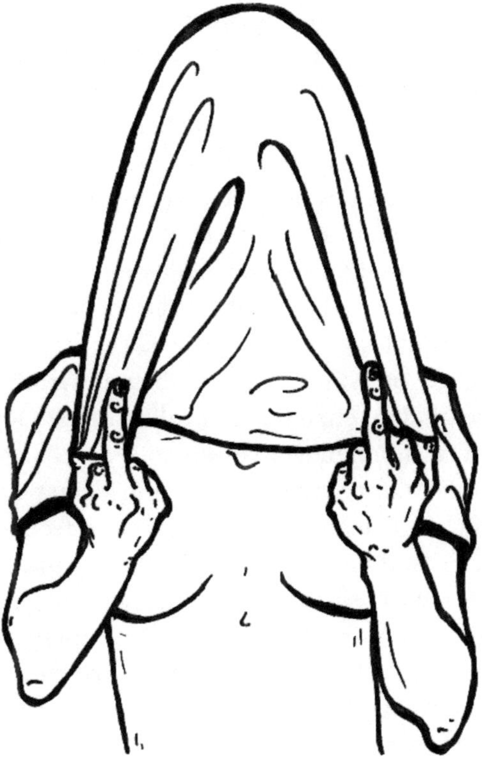

Mensch sich neben mich quetschen will. So oder so sehen mich die zwei anderen Menschen im Zugabteil blöd an, weil ich entweder zugelassen habe, dass das Zugabteil durch den Menschen stinkt und ich ihm den Platz frei gemacht habe, oder aber weil ich so unhöflich war und gesagt habe, der Platz sei besetzt, was er gar nicht ist. Wie auch immer man es macht, wie höflich man auch immer ist, es ist unmöglich, es allen recht zu machen. Und es ist feige. Ich bin feige. Ich will nicht feige sein. Ich möchte mal alles machen, was die Höflichkeit und das Rechtmachen mir nicht erlauben. Ich möchte mal einfach allen sagen, was ich denke, dann, wann ich's sagen will. Und auf meine Aktionen keine Reaktionen dulden. Ich möchte einmal konsequenzenlos durchs Leben gehen und mir alles erlauben. Ich möchte gerne mal was Cooles sagen. Was Tolles, etwas, das die Menschen aufwühlt und durcheinanderbringt, das sie umdenken, umlenken, alles auf den Kopf stellen lässt. Ich möchte etwas so Krasses sagen, dass der Mann seine Geliebte mit seiner Frau betrügt, dass Angelina Jolie aufhört, Kinder zu adoptieren, und dass Madonna endlich aufhört zu tanzen. Ich will so was Unanständiges sagen, dass sich die Leute im Zugabteil vor mir übergeben müssen und ich eine Busse wegen Erregung öffentlichen Ärgernisses bekommen würde, wenn's Konsequenzen gäbe.

Ich möchte den Eltern der Kinder, die im Zug rumrennen, eine riesige Szene machen und sie vor allen anderen Leuten blamieren. Oder manchmal möchte ich einfach mit den Kindern mitrennen, je nach Laune.
Ich möchte besoffenen halbwüchsigen Jungen, die grössere Ohrringe tragen als ich und mich anpöbeln, weil sie nicht mehr gerade laufen können, die Finger in die Augen stechen und sie wüst beschimpfen. Ich möchte der alten runzligen Sau, die mir gerade gesagt hat, das sei «eine Einbahnstrasse, auch für Fahrräder», laut hinterherschreien, sie solle sich um ihren eigenen Scheiss kümmern und doch die Polizei holen, sie habe mir gar nichts zu sagen, verdammt. Ich möchte der dummen Tussi in 18-cm-Absätzen sagen, dass ihr Gesicht trotzdem nicht schöner wird, und dem aufgeblasenen Kerl dahinter, dass er aussieht wie ein Affe, der sich gerade in die Jeans gemacht hat, wenn er läuft. Ich möchte der Frau an der Migroskasse sagen, sie habe das Arbeiten ja wohl auch nicht erfunden, so langsam, wie sie tippe, würden sich ja Schnecken mit Strichcode besser eignen. Ich möchte Mark Zuckerberg sagen, er sei das grösste Arschloch der Welt und er solle mit seinem Studium weitermachen, sonst werde nie was aus ihm. Ich möchte Easyjet sagen, dass sie verantwortungslos und unglaublich toll sind. Ich möchte alten, schleimigen

Männern, die mich schmierig angaffen und mich zu einem Drink einladen, gerne ein Ich-habs-nötig-Schild mit einem erbärmlichen Genitalfoto an den Rücken kleben. Ich möchte unfreundlichen Kellnern gerne das Trinkgeld ins Gesicht werfen und sie zwingen, es dann vom Boden aufzulesen und mir wieder zurückzugeben. Ich möchte RTL gerne anzeigen, weil sie für die Verblödung des Volkes zuständig sind. Ich möchte der SVP einen so derben Hassbrief schreiben, dass sie das Politisieren aufgibt. Ich möchte den Leuten, die die Volksinitiative für die Wiedereinführung der Todesstrafe unterzeichnet haben, allen eine ganz feste Ohrfeige hauen und sie dann dazu zwingen, öffentlich zuzugeben, dass sie zu der dämlichen Idee hin noch nicht mal das Rückgrat hatten, um den Scheiss durchzuziehen. Ich möchte den Menschen, die Nagellack, Wimperntusche, Wangenrouge, Puder, Make-up, Hairspray und dergleichen erfunden haben, sagen, dass sie der Gesellschaft einen unglaublichen Dienst getan haben, indem sie das ohnehin schon schönere Geschlecht noch schöner und im Vergleich dazu alle Männer hässlich gemacht haben. Ich möchte der Welt danken, dass sie sich lieber um die Reichen als um die Armen kümmert, immerhin geht es uns verdammt schlecht, ich hab' noch nicht mal ein Bier in der Hand! Ich möchte all den Menschen, die Nicht Lustig nicht lustig finden, sagen,

dass sie keinen Humor haben. Ich möchte es nicht immer allen recht machen müssen. Wirklich nicht.
Aber leider mache ich es trotzdem. Ich suche diplomatisch immer den Weg, bei dem jeder Beteiligte am wenigsten Schaden davonträgt. Wie schweizerisch. Und was habe ich davon?

Ich bin über- und unterfordert. Fühle mich gelangweilt und trotzdem gestresst, bin müde und kann trotzdem nicht schlafen. Ich bin ständig in Gesellschaft und trotzdem einsam. Bin unterwegs und doch immer am gleichen Punkt und versuche, es allen recht zu machen.
Aber wer weiss ... Der Gedanke ist gesät.

24H

24 Stunden. Was sind schon 24 Stunden? Ein Tag, was ist schon ein Tag? Winzige Sekunden, aneinandergereiht wie Perlen auf einer Schnur. Eine kleine Sequenz eines Monats, ein 365stel eines Jahres. Ein Wimpernschlag in der Unendlichkeit. Ein Tag ist doch wirklich nicht lange. 24 Stunden. 24 Stunden sind nichts. In 24 Stunden kann man kein Haus bauen, man kann keine Symphonie schreiben, man kann kein Lied perfektionieren, man kann kein Projekt realisieren, man kann nicht in einem Tag um die Welt fliegen. In 24 Stunden kann man keine Ikea-Möbel richtig zusammenbauen, in 24 Stunden kann man sich nicht an eine neue Regierung gewöhnen, kann keine zwei Wochen Ferien machen, kann nicht von hier nach Afrika wandern. 24 Stunden sind so kurz.

Und doch zu lang. Für mich viel zu lang, denn du ziehst meine Stunden auseinander wie Kaugummi, klebst das eine Ende an die Wand und dehnst ihn bis zum anderen Ende der Wohnung.

Wie lange, bis wir uns wiedersehen? Wie lange, bis wir voneinander hören? Wie lange, wie lange, wie lange soll ich auf dich warten? Wie lange soll ich warten, bis ich mich melde, wie lange wirst du warten? Soll ich dir schreiben oder nicht? Wer schreibt zuerst und ist es dann zu früh oder zu spät? Meine 24 Stunden dehnen sich aus. Dehnen sich aus. Deeeehhhnneeeeen siiiich aaaaauuuuussss.

Ohne dich sah mein Alltag schnelllebig aus: Aufstehen, Kaffee, Kaffee, Bus fahren, rauchen, Kaffee, rauchen, Zug fahren, rauchen, Uni, essen, rauchen, Uni, essen, rauchen, rauchen, Uni, rauchen, Zug fahren, Bus fahren, Netflix, schlafen.

Aber seitdem ich weiss, dass du existierst, ist mein Alltag in winzige Bruchteile zersetzt und zwischen allen Buchstaben meiner Tätigkeiten drängen sich Tausende Gedanken an, über und für dich. Auf... – Bist du auch schon wach? Wie geht es dir? Denkst du auch als Erstes an mich? Nein, bestimmt nicht – ...stehen. Kaffee – Du magst Kaffee, ohne Zucker und ohne Milch, als wir das letzte Mal hier standen, mussten wir uns beeilen, wirst du wohl öfters bei mir übernachten oder nicht? – Kaffee – Magst du mich eigentlich nackt oder denkst du an was anderes, wenn wir im Bett sind? – Bus fahren – Dieses Musikstück erinnert mich an dich, denn ich hatte es schon immer auf meinem iPod, der mir gehört und nun gehöre ich dir, irgendwie, deswegen erinnert mich eh alles an mir an dich – Immer noch Bus fahren – Es ist kalt geworden, du fährst Snowboard, kannst

du das wohl gut? Bestimmt, du kannst doch alles gut, alles viel besser als ich, ich will mal mit dir snowboarden, aber dann blamiere ich mich vielleicht, weil ich es nicht so gut kann, also vielleicht besser nicht? Willst du überhaupt mit mir snowboarden gehen oder machst du das lieber mit deinen Freunden? – Rauchen – Mann, du siehst sexy aus, wenn du rauchst – Zug fahren – Du siehst eigentlich immer sexy aus. Verdammt, warum sehe ich nicht immer sexy aus? Wieso stehst du überhaupt auf mich? Stehst du überhaupt auf mich?! – Rauchen – Stehst du auf mich? Ich will das wissen! – Uni – Duuuuuuuuuuuuuuuuuu – Essen – Wir müssen mal essen gehen, oder ich koche für dich oder du für mich, essen ist geil, fast so geil wie du – Rauchen – Mann, du siehst wirklich sexy aus, wenn du rauchst, aber du rauchst auch ein bisschen viel – Uni – Duuuuuuuuuuu – Essen – Hast du wohl auch gerade Pause, dein Gegenüber sieht dir bestimmt direkt in dein schönes Gesicht, ich kann gar nichts essen, das macht mich so neidisch, du isst bestimmt mit jemandem und denkst gar nicht an mich, und wenn doch, wieso meldest du dich dann nicht? – Rauchen – Ja, das habe ich jetzt nötig, siehst du, ich kann auch meinen Spass haben und mein Gesicht anderen Augen zur Verfügung stellen – Rauchen – Gleich noch eine, weil du das sowieso nicht mitbekommst und ich viel zu deprimiert

bin und eigentlich ganz alleine rauchen will, wenn ich nicht mit dir rauchen kann. Ich will gar nicht mit anderen Menschen rauchen, die sehen alle nicht so sexy aus wie du, wenn du rauchst – Uni – Duuuuuuuuuuuuuuuuuuu – Rauchen – schon wieder, daran bist nur du Schuld, ich rauche viel zu viel, seitdem ich dich kenne. Stimmt gar nicht, ich weiss, aber verdammt noch mal: Du rauchst doch mehr als ich, wann rauchst du denn, hast du so viele Pausen? Ist ja unglaublich, dann könntest du dich wenigstens mal in den Pausen melden, liegt bestimmt an deinen hübschen Kolleginnen. Mann, warum denkst du nicht an mich, oder denkst du an mich? – Zug fahren – Du fährst auch Zug, warum arbeitest du nicht in Luzern, sondern in Basel, verdammt, und warum kommen wir nicht gleichzeitig an, sodass wir uns zufälligerweise immer treffen am Abend, und warum sehe ich nicht in deinen Kopf und weiss, ob du dir auch solche Gedanken machst? – Bus fahren – Mann, fährt der langsam, du könntest mich eigentlich mit deinem Auto nach Hause fahren und dann gleich bleiben, jeden Tag, das ganze Jahr, einfach für immer – Netflix – Warum liegst du jetzt nicht neben mir, deine Schulter wäre das perfekte Kissen – schlafen und von dir träumen.
Das sind meine 24 Stunden. 24 Stunden imaginäres Du in meinem Kopf. Und um das zu durch-

brechen, hilft nur eins: Ich rufe dich an und frag dich, ob wir uns sehn. Und du sagst Ja und durchbrichst damit meine Gedanken, meinen Tag, spaltest meine Sekunde und säst Tausende von Sternen auf meinen Weg bis zu dir, wo meine 24 Stunden wieder nur einen Wimpernschlag lang sind und ich, ehe ich mich's versehe, schon wieder in den Alltag ohne dich zurückmuss. Verdammt, das Leben ist unfair – und 24 Stunden sind viel zu lang für einen Wochentag!

GENERATION HIRNTOT

Da steh' ich nun, vor meinem Spiegelbild, ein gezeichnetes Gesicht – jung und viel zu alt. Schatten unter meinen Augen, Ritzen voll mit Make-up-Resten, Rotze unter meiner Nase, Schweiss und Tränen.
Ich werde gehen, wie wir alle gehen, ein Strom aus grauem Undefiniertem, jeden Abend in Glitzer gehüllt und doch so matt und glanzlos. Ich ersetze die Farbe in mir drin mit der Neonschrift auf deinem Shirt, das ich dir auszieh', wenn ich Ersatz suche für die Liebe, die ich mir selbst nicht geben kann. Suche in den Stunden mit einem Fremden die Geborgenheit, die ich mir selbst verwehre, weil ich mich nicht kenne, weil ich mir fremd bin. Doch mein Herz schlägt.

Generation ...

Einfach pumpen, einfach rein damit, da geht noch mehr, einer, einer geht immer noch. Saufen, rauchen, kiffen, tanzen, saufen, rauchen, kiffen, tanzen, saufen, rauchen, kiffen, tanzen – dein Körper schreit aus jeder Pore, doch die Musik ist lauter. Und du merkst nicht, wie du wegdriftest, wie du

abschweifst, wie du dich verlierst, wie du aus deinem Körper weichst und zurück bleibt nur die leere Hülle. Die saufende, rauchende, tanzende Hülle.

Generation ...

Was, wenn du bemerkst, dass es besser ist, nichts zu sehen, als das, was dir die Welt zeigt? Was, wenn die Augen zu schliessen der einzige Weg ist, Frieden zu finden? Was, wenn du dastehst und nichts, einfach gar nichts verstehst? Weil du nicht verstehen willst? Wenn du Angst hast zu sehen, zu fühlen, dich zu erkennen. Du bist ohnmächtig in der Welt, ohnmächtig gegen all die Räusche, all die Drogen, all die Dinge, die du willst und nicht kriegst, die du begehrst und nicht mal weisst, warum. Deine Ohren taub von zu viel Gehörtem, deine Lunge schwarz von zu viel Inhaliertem, dein Herz leer von zu viel Falschheit. Nichts gelangt bis an dich dran, weil du keine Substanz in dir trägst, weil du nichts mehr mit dem anfangen kannst, was von dir übrig ist. Dein Hirn tot, ausgeschaltet aus Selbstschutz.

Generation ...

Wieso nicht einfach treiben lassen, auf den Wellen der Musik, dem Teppich des Beats? Deine Herzschläge werden ersetzt, du fliesst einfach mit und breitest deine Arme aus. Die Wärme des Rausches in dir, du bist high, high, high genug, um dich sicher zu fühlen, um dich zu öffnen, um zu zeigen, wer du sein könntest, wer du sein kannst, wer du nicht bist. High genug, um zu vergessen, dass man von so weit oben nicht nur weit sieht, sondern auch verdammt weit runter auf die Fresse fallen kann. High und geborgen. Bis zum nächsten Morgen – und der kommt bestimmt.

Du hast aufgehört, dir Dinge zu überlegen, weil du bemerkt hast, dass dir alles, was dabei rauskommt, völlig gleichgültig ist. Du hast aufgehört, dir Gedanken zu machen über Richtig und Falsch, über Liebe und Leben, über dich. Du siehst im Spiegel jemand Fremden und fragst dich, wie es so weit kommen konnte. Du lebst, und doch stehst du innerlich still, kommst keinen Schritt weiter, drehst dich wie im Hamsterrad immer im Kreis und weisst nicht, wie ausbrechen, aus diesem Dilemma, aus dieser Musik, aus dieser Party, aus diesem Rausch, in dem du dich immer wieder verlierst, in dem du dir entgleitest und einfach nichts dagegen tust.

Generation …

Da stehen wir nun. Schatten unter unseren Augen, Ritzen voll mit Schweiss und Tränen, weil uns bewusst wird, wo wir stehen, nach leeren Nächten und schwarzen Tagen, nach heisskalten Lüsten und falschen Hoffnungen. Doch unsere Herzen schlagen im Takt.

Lass uns doch mal zu diesem Takt tanzen und vergessen, was man von uns erwartet. Lass uns mal die eisige Winterluft atmen, statt Rauch. Lass den Wind unser Hirn durchputzen und unsere Synapsen freifegen. Lass uns unsere Ängste vergessen. Komm, wir stellen uns. Wir stellen uns unseren Wünschen und Träumen, wir stellen uns der Realität, die uns mehr zusetzt als jede Droge der Welt. Lass uns mal der Ruhe lauschen und unseren Herzen zuhören, wie sie uns am Leben halten. Und dann lass uns mal dahin gehen, wo's einfach gar nichts gibt, was uns von uns ablenkt. Dann liegen wir da. Lerne dich kennen und ich mich. Und dann lass uns voneinander erzählen.

Lass uns atmen.

Und du wirst bemerken, wie der Rausch der Wirklichkeit einsetzt, wie die Wahrheit dich benebelt und wie die kalte Luft deine Lunge schneidet. Und wenn das weh tut, dann ist das der Trip. Der Trip, der einsetzt, ist man noch nicht ganz hirntot.

REVOLUTION

Eigentlich wollte ich nur die Zeitung lesen, hatte ja sonst nichts Besseres zu tun. Aber dann kam schon wieder so eine Diskussion im Radio. Schon wieder Schweinegrippe. Ich sah mich mit einem Problem konfrontiert: Die Schweinegrippe hatte sich einfach in mein Leben geschlichen, ohne dass ich es erlaubt hatte. Sie stand nicht nur in dicker, alles überragender Überschrift auf der Titelseite meiner Zeitung, nein, sie wurde auch synchron in meinem Radio diskutiert und in meine Gehörgänge eingeschleust. Sie wurde lang und breit gezogen, in alle Ecken meiner Wohnung ausdimensioniert, richtiggehend flachgeredet und so was von breitpalavert und hypothetisch ausgebreitet, dass sie sich, wenn sie ein Mensch gewesen wäre, heulend aus dem Studio gemacht und die Station wegen Mobbing verklagt hätte.

Überall ist sie, die Schweinegrippe. Selbst wenn sie in echt noch gar nicht da ist und ich mich bester Gesundheit erfreue, hat sie sich in unseren Köpfen schon längst eingenistet. Mir ist das aber egal. Die soll nur kommen, diese Schweinegrippe. Der werd' ich's schon zeigen. Der werd' ich schon sagen, was für eine stinkende Sauerei sie ist und

wie sie mich nervt. Ja, sie nervt mich, diese Schweinegrippe, auch wenn sie mir eigentlich egal ist. Uh, wie sie mich nervt mit ihrer mediendominierenden Omnipräsenz! Die ist ja schlimmer als die SVP, diese Schweineseuche. Und dann will sie uns auch noch krank machen und uns Angst machen, wie die Minarett-Initiative, die übrigens auf der unteren Hälfte der Tageszeitung genauso dick aufgetragen war. Die würde ich schon loswerden, alle beide. Genau wie ich die Zeugen Jehovas und die Greenpeace-Aktivisten losgeworden bin. Ich sah mich gezwungen, das Zeitungsabonnement zu kündigen und ab besagtem Tag keine Billag mehr zu bezahlen. Ich bezahle nicht für Gratis-Propaganda mir feindlich gesinnter Mächte. Ich warf die Zeitung also aus dem Fenster, weil ich auch keine Abfallgebühren für so was zahlen will. Aus Rücksicht auf meine Mitbewohner liess ich davon ab, auch die Stereoanlage und den Fernseher aus dem Fenster zu werfen. Sie sind Sklaven des Systems. Nicht so ich. Ich ging in die Küche und setzte Kaffee auf. Dabei überlegte ich, was ich mit dem gesparten Geld der nicht bezahlten Billag-Beiträge und der Kündigung des Zeitungsabonnements machen will. In mir bildete sich die revolutionäre Idee einer mit Billag und Zeitungsabonnementgeld aufgebauten Untergrundorganisation gegen die Schweinegrippe, die SVP, Greenpeace und die Zeugen Jehovas. Wir hätten als Logo einen fett durchstrichenen Christoph Mörgeli mit einer Schweineschnauze als Nase, mit einem Pandabären in der einen und einem Erwachet!-Magazin in der anderen Hand. Kaffee trinkend sinnierte ich darüber, wie wir gemeinsam wild grunzend als Schweine verkleidet im Bundeshaus mit Erwachet!-Heften und Plüschpandas die Abgeordneten bewerfen würden. Böses mit Bösem bekämpfen. Die Vorstellung gefiel mir. Wir würden sie mit ihren eigenen Waffen schlagen. Das meine ich wörtlich. Ich bemerkte, dass meine Kaffeetasse schon leer war. Produktives Denken macht durstig. Als ich mir einen neuen Kaffee machen wollte, fiel mir auf, dass die Kaffeemaschine ein Repräsentant der momentanen Wirtschaftssituation ist: Aus reinen Rohstoffen entsteht eine stinkende braune Flüssigkeit, die das konsumierende Volk abhängig macht und beruhigt. Ich versuchte auch die Kaffeemaschine aus dem Fenster zu werfen, aber sie war zu schwer. Da machte ich mir doch noch einen Kaffee. Ich war frustriert. Mein Mitbewohner kam in die Küche und sagte, ich müsse noch staubsaugen. Ich sagte, das würde gegen meine antikonservativen Werte verstossen: Eine Frau dürfe sich nicht im Haushalt betätigen. Er meinte, ich hätte nicht alle Tassen im Schrank und wollte wissen, warum die Kaffeemaschine so komisch dasteht. Ich versuchte ihm zu erklären, warum ich sie aus dem Fenster hatte werfen wollen. Er verstand mich nicht. Sklave des Systems. Wahrscheinlich hatte er auch schon die Saugrippe, diese Schweinebacke. Ich nahm meine Tasse und verliess die Küche. Dann rechnete ich aus, wie viel Geld ich spare. Es war zu wenig für eine Untergrundorganisation. Ich kaufte mir stattdessen einen Mundschutz mit Pro-Minarett-Aufdruck. Es geht auch so.

WERBUNG

Werbung gefällt mir nicht. So schleimig. So alltäglich. Macht dick und arm. Ausserdem zerstört sie jeden gemütlichen Fernsehabend zu Hause.
Eine romantische Szene in einem Liebesfilm, kurz vor dem erotischen Höchstpunkt des Abends: dem Happy End des Films. Gespannt sind die Augen auf den Fernseher geheftet. Gerade hat der Held die Königin gerettet. Sie stehen sich gegenüber. Er geht auf sie zu, legt seinen Arm besitzergreifend auf ihre Hüfte und zieht sie zu sich heran. Dann küsst er sie zärtlich, ihre Lippen schmelzen zu einem endlosen Kuss zusammen, sie umschlingt ihn mit ihren makellosen Armen und gibt sich völlig hin. Langsam beginnt er sie an jeder Stelle ihres Körpers zu liebkosen, wandert von ihrem Gesicht hinab, küsst jede Stelle ihres Halses, streichelt ihr zart über ihr feines Schlüsselbein und SCHWEIZER FLEISCH – ALLES ANDERE IST BEILAGE. Ein genervtes und zugleich erleichtertes Seufzen entfährt den Zuschauenden. Kurze Verschnaufpause vor dem Grande Finale. Die Männer haben das Bedürfnis nach Schokolade, die Frauen wollen ein Bier. Eine Werbepause im Fernsehen ist zwar nervig, aber

auch eine willkommene Pause für kleine Erledigungen: Chips holen, Sofakissen richten, Socken ausziehen, Katze streicheln, Blase leeren, knutschen. Die meisten Leute nehmen wenig Schaden an solchen Unterbrechungen. Doch es gibt Leute, denen Werbung für immer ins Hirn eingebrannt bleibt, und die können unter Umständen ein ernsthaftes Problem kriegen. Sie haben nie Geld, weil sie – kritisch, wie sie sind – ausprobieren, ob die Produkte ihre Versprechen halten. Deshalb laufen sie ständig Gefahr, wahnsinnig dick zu werden, und tendieren dazu, in messieähnlichen Zuständen zu hausen.
Es gibt echt zu jeder erdenklichen Situation eine Werbung. Glaubt mir. Sogar und vor allem zum Sex. Also zum Beispiel gibt's da diese Wahnsinnserfindung eines fiebermesserähnlichen Geräts, welches man sich in irgendwelche Körperöffnungen stecken soll und dann sagt es einem, ob man jetzt ein Dings für den Bums braucht oder nicht. Ausserdem soll man nach dem Sex einen V6-Kaugummi essen, weil der die Zähne putzt und vom Küssen Bakterien verteilt werden. In den meisten Werbungen haben Leute nur Sex in einem Bett mit weisser Decke und von denen gibt's viele verschiedene Ausgaben, was wiederum Ikea wahnsinnig gut veranschaulicht, in einem 10-Sekunden-Spot, in dem mindestens 5000 verschiedene Muster gezeigt werden. Selbstverständlich wird davor

und danach geduscht – und womit geduscht wird, da gibt's eine ganze Sparte Werbung für sich. Vielleicht ja mit dem Head and Shoulders, gegen Schuppen, oder mit dem Ultra Volumen Hair Care Set von Schwarzkopf für mehr Volumen, oder mit dem Exotischen Erlebnis Shampoo von Guhl mit Mango-Limetten-Geschmack, oder mit dem Anti Haarbruch, Anti Spliss und Anti Aging Hair Repair Set von Elsève. Für die Hautpflege benutzt man dann die zart duftende Ylang-Ylang-Dusch-Crème von Dove oder die Schokoladen-Vanille-Körper-Schaum-Milch-Creme-Dusche von Bodyshop, oder das Caribbean Fever von Fa, das nach reifen Kokosnüssen und Mandeln riecht, oder aber das Ultra Men Duschgel, für den richtigen Mann, mit herbem Moschus-Pferdemist-Geruch. Nach dem Duschen benutzt man dann noch die Ultra Soft Skin Care Body Lotion von Nivea oder die Mega Fett Öl Creme mit frischem Ananas-Duft von LS oder die Hanf-Body-Milch aus Amsterdam oder aber die Happy Time Body Butter mit Ultra Anti-Falten Booster und Cellulite Stop.

Mal abgesehen davon, dass sich alle mit so was einreiben und danach riechen wie ein botanischer Garten in einer Parfümabteilung im Manor, hat noch nie jemand auf dieser Hälfte der Erdkugel eine Ylang-Ylang-Pflanze überhaupt gesehen. Ich weiss nicht mal, ob das wirklich eine Pflanze ist. Vielleicht ist das ja auch eine komische Art von

Geflügel. Was wiederum zum Vögeln passen würde, das nach einem solchen Duschaufwand leistungstechnisch wahrscheinlich gar nicht mehr möglich ist.
So durchs Leben zu gehen, kann unglaublich stressig sein, weil man immer und überall Tausende von Möglichkeiten wahrnimmt, die man niemals alle ausprobieren kann. Ausserdem kann man niemals woanders übernachten, weil man eine Unmenge an Dingen mitnehmen muss, um am nächsten Tag alles noch mal genau gleich hinzukriegen.
Es gibt Tage, an denen ich feststelle, dass sich bei mir wieder mal ein Haufen Bullshit angesammelt hat und ich das Gerümpel im grossen Stil entsorge, nur um einen Monat später gleichwertig neu gekaufte Scheisse am selben Ort vorzufinden. In diesem Fall setze ich mich dann immer frustriert vor den Fernseher und verfluche die Menschen, die ihr Geld damit verdienen, mir Flöhe ins Ohr und Verlangen in mein Hirn zu setzen, warte auf die Werbepause, drücke auf stumm und synchronisiere die Werbespots auswendig. Immer, wenn mir das gelingt, trinke ich einen Schnaps, und wenn ich betrunken bin, gehe ich schlafen. Das dauert normalerweise nur eine Werbepause, weil ich mir dumme Sachen unglaublich gut merken kann. In solchen Nächten träume ich dann meistens von Sex ohne Dusche und das gefällt mir gut.

DIGITAL LIFE

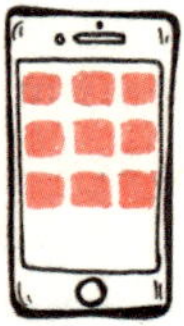

1

Das iPhone ist schon was Geiles. Du hast zwar nicht das neuste, aber die neuste Software, immerhin. Und Siri willst du nicht. Da würdest du dir komisch vorkommen, wenn du mit deinem iPhone sprechen würdest anstatt mit jemandem, der an einem anderen iPhone hängt.
Du in einem Zug, der in irgendeine Richtung fährt, die Stöpsel in den Ohren, deine Hand in deiner Jackentasche umschliesst das Handy, um jede mögliche Vibration zu erhaschen.
Denn du willst es nicht verpassen. Du willst es doch nicht verpassen, wenn er schreibt, wo du doch diese Nachricht abgeschickt hast, die dir auf der Netzhaut brennt, die du nicht mehr loswirst, die du nie mehr löschen kannst und die er nun in der Hand hält, als ob er dein Herz halten würde, blutig und nackt in seiner Hand, mit der Macht, es zu zerdrücken, mit nur einer winzigen Bewegung seines Daumens.

2

Manchmal muss man ein paar Aggressionen loswerden und es ist doch besser, jemandem virtuell den Kopf wegzuschiessen als in echt. Es ist doch besser, wenn man hier im Team und nicht so ganz alleine rumballert. Das ist gar kein Einsiedlerspiel und es leitet nicht in die Isolation, das stimmt alles gar nicht, du hast hier Freunde. All deine Freunde im Kampf. Bis in den Tod. Das ist noch richtige Leidenschaft. Hier in deiner Welt gibt es noch etwas, wofür man sein Leben gibt, hier gibt es einen Kampf um Ehre, hier sind die Werte noch nicht so verdreht wie in der Welt da draussen, wo niemand mehr weiss, wofür er überhaupt atmet.

3

Ich bin betrunken. Wir spielen Mariokart, weil's das Einzige ist, das wir alle kennen. Es ist lustig. Das iPhone in meiner Hosentasche vibriert. Ich muss fahren. Ich werde verlieren, ich fahre Schlangenlinien. Es kitzelt und ich bin ganz nervös. Ich hab' verloren. Egal. Vorfreude, wie eine Sucht, grabsche danach, mache das Programm auf. Ich bin nicht betrunken genug. Ein Schlag in die Magengrube und mir wird schlecht. Ich bin nicht betrunken genug, um zu übersehen, dass diese Nachricht nicht gut ist. Flau im Magen und völlig verletzt. Was ist passiert? Ein paar Worte in Pixel und mein Rausch ist ein Stiefel, der mir die Birne einschlägt und die Eingeweide umdreht.

4

Texte schreiben. Immer am Mac Book. Viel praktischer. Löschen und schreiben, geht so rassig. Ist so einfach, so toll. Änderungen ganz leicht gemacht. Schreibmaschinen sind zwar fancy, aber total unpraktisch. Man kann ja auch einfach die Schrift verstellen im InDesign.

Stimmt schon, das ist nicht das Gleiche. Aber das ist das Gleiche, wie wenn du analoge Fotos auf 'ne CD entwickeln lässt. Nein, das ist es nicht. Doch das ist es, das ist doch einfach nur eingescannt, ja, eingescannt und dann noch nachbelichtet, künstlich, die entwickeln das ja heutzutage gar nicht mehr in einer Dunkelkammer, das passiert doch alles digital, ist ja auch viel günstiger. Ja, es ist ein Jammer, dass es diese Polaroid-Filme und -Kameras nicht mehr gibt. Aber die waren ja auch ganz arg gesundheitsschädigend und umweltschädlich mit all diesen chemischen Stoffen, da ist also die heutige Digitalspiegelreflextechnik viel schonender. Ja, aber die brauchen ja auch Strom, und woher kommt der, he, woher kommt der? Genau, aus den AKWs kommt der und dann fahren die Jungen da mit ihren synthetischen Kunststoffzelten hin und campieren mit Gaskochern und machen Fotos mit ihren Digicams auf dem Rasen und posten das alles auf Facebook und twittern das alles auf Twitter und folgen sich dann virtuell und überhaupt, Revolutionen finden heutzutage doch nur noch im Netz statt, wie in Ägypten, das wäre alles gar nicht möglich gewesen ohne YouTube, weil die Medien sich ja nicht anschliessen wollten zuerst, ja, die Jungen, die haben das halt schon im Griff mit den neuen Sachen, mit dieser zweiten Welt.

5

Du sitzt gerade alleine vor deinem Computer und sorgst dafür, dass die Bedürfnisse deiner Sims immer erfüllt sind, damit sie nicht depressiv werden. Leider vergisst du dabei immer mal wieder, selber was zu essen.
Ich liege auf dem Sofa und meine Magengrube dreht sich. Wie viel kann ich einem Menschen schon bedeuten, wenn er mit nur drei knappen virtuellen Worten alles beendet, was wir uns in echt aufgebaut hatten?
Irgendwo sitzt einer in einer dunklen Höhle vor seinem Grossbildfernseher und spielt mit seinen Freunden, die er noch nie persönlich gesehen hat, aber für die er durch jedes Feuer gehen würde, und hat das Gefühl, einmal für etwas zu kämpfen, wofür es sich lohnt, zu sterben.

So gegen vier Uhr treffen wir uns alle am Bahnhof. Du und ich und er. Alle so was von stinknormal.

GEBORGENHEIT

Vom undurchdringlich trübgrauen Himmel fallen beharrlich weisse Flocken, die sich auf dem Asphalt zu einem einzigen Tümpel Schneematsch formieren und die Strasse in ein Meer voller verblassender Farben verwandeln. Ich stampfe frierend, aber entschlossen der eisigen Kälte entgegen, die meine Nasenwände hart wie Stein werden lässt und sich langsam meine Beine hinaufschleicht. Meine Ohren schmerzen, die Mütze hat heute dienstfrei, unfreiwillig, vergessen, ein kopfloser Mensch, nichts ahnend auf dem Weg zum Gewimmel des Jahres.

Mein Zuhause ist dort, wo niemand herkommen will, wo jeder den Bahnhof kennt und keiner die Stadt, der Knotenpunkt der SBB und meines Lebens. Gleich neben der Hauptstrasse geboren, direkt aus meiner Mutter in die Hässlichkeit dieser Stadt, von der alle wegziehen und trotzdem niemand je loskommt. Auch meine Winzigkeit bleibt ein Teil dieses Mikrokosmos, ein Mosaiksteinchen eines grossen Ganzen, so hoffe ich zumindest, auch wenn es meist wie ein Chaos aussieht, sich wie eines anfühlt. Wie gerade jetzt, wo die Konfettimassen, die sich unter meinen Füssen zu einem nasskalten Teppich verpappen, meine Turnschuhe langsam aber sicher überwältigen und ich durch die Strassen laufe, die mit Häusern ohne jeglichen Charme gesäumt sind. Immer der Nase und dem Wissen nach in das feuchtwarme, laute Zelt auf dem bezeichnenden Platz der Begegnung.

Das Gefühl, geborgen zu sein, verlässt mich hier nie. Ob in Gesellschaft bei einem Essen oder alleine auf dem schwarzen Asphalt der Einsamkeit, nach einer trunkenen Nacht mit meinen Freunden. Jeder Quadratmeter ist eine Erinnerung, jedes Gebäude ein Gefühl, jedes Gesicht eine Impression. Hier wurde ich schon so oft aus meinen Bahnen geworfen und bin immer wieder auf einem Weg gelandet, habe mich so oft auf den Boden legen müssen, nur um zu bemerken, dass ich aufstehen muss, um Schritte tun zu können. Schritte aus der Stadt hinaus, um sie zu sehen, als Ganzes, um wahrzunehmen, dass ich sie kenne, durch und durch, und sie mich, *the city she loves me / lonely as I am / together we cry.*

Tatsächlich begegne ich auf dem roten Teppich der Fasnacht einigen Menschen, die ich, gemessen an meinen eher bescheidenen Lebensjahren, schon Ewigkeiten nicht mehr gesehen habe. Ihre Gesichter sind das Einzige, was ich wiedererkenne, die Erinnerungen geteilter Momente bleiben verborgen im dichten Nebel der Vergesslichkeit des Erwachsenwerdens. Doch trotz meines Gedächtnisses, das mir nicht mehr geben will als ein Wohlwollen gegenüber diesen vertrauten Gesichtern, trotz einer bösen Ahnung verdrängter Vorkommnisse in der Vergangenheit löst die Anwesenheit dieser Menschen Zufriedenheit bei mir

aus und ein Kirschlikörlächeln klebt süss an meinen Lippen.
Das ist es, was ich Heimat nenne. Das, was ich immer nur dann empfinde, wenn ich da bin, wo mich nichts mehr überrascht und doch alles immer wieder neu erscheint. Orte, die ich so oft ignoriert habe, erblühen in Schönheit. Hier finde ich Antworten auf Fragen, die niemand gestellt hat. In Momenten wie diesen, wenn meine Zehen vor Kälte blau anlaufen und meine rote Nase tropft, wenn meine behandschuhte Rechte einen Pappbecher mit lieblos abgefülltem, aber heissem Glühwein hält und ich mich mit dir unterhalte, dir aus meiner Vergangenheit, dir aus meiner Gegenwart und vielleicht dir aus meiner Zukunft, im Hinterhof auf dem Platz der Begegnung, einfach so, weil wir hier sind und jetzt, dann fühle ich mich beschenkt von der Stadt, gesegnet von den Schneeflocken und zu Hause.

HOLLYWOOD VS. REALITY

Meine Vorstellung von einem romantischen Wiedersehen nach den Ferien sieht ungefähr so aus: Ich steige braungebrannt und perfekt gestylt aus dem Flugzeug, gehe mit meinem Mini-Rollkoffer, der die passende Farbe zu meinen Schuhen hat, Richtung Gepäckausgabe, hole dort den gleichfarbigen, etwas grösseren Koffer mit all meinen Ferienerrungenschaften und laufe – ohne kontrolliert zu werden – durch die Zollkontrolle. Nach dieser öffnet sich die automatische Milchglastür und ein absolut toller Mann, der sehnsüchtig mit einem Strauss roter Rosen direkt vor dem Ausgang steht, erblickt mich. Durch den Luftstoss, der durch die Tür strömt, werden meine Haare wie in Zeitlupe nach hinten geföhnt, ich mache den typischen Haare-über-die-Schulter-Werf-Move und mein sommerliches Kleid wirbelt verführerisch um meine glatt rasierten Beine. So stelle ich mir das vor. So und nicht anders.

Aus diesem Grund befinde ich mich nun auf dieser lächerlich kleinen Flugzeugtoilette und versuche meine Schweissfüsse im Lavabo zu waschen. Schweissfüsse passen nicht in meine

Vision, genauso wenig wie in das viel zu wenig tiefe Waschbecken. Nach etlichen muskelzerrenden Versuchen habe ich es geschafft und mein Fuss befindet sich auf Hüfthöhe, neben dem Wasserhahn aus Plastik. Darunter passt er nicht, das ist mir jetzt aber egal, besser wird's nicht. Ich greife mit meiner rechten Hand nach dem Seifenspender, der links an der Wand hängt, und haue drauf. Die Seife schiesst horizontal aus der Öffnung und trifft meine rechte Brust. Scheisse! Na wenigstens nicht aufs Kleid, denke ich, und wasche mir den Fuss notdürftig mit Wasser. In diesem Moment klopft es an der Tür und eine Stimme fragt, «Is it going to take you a long time?» Ich schreie: «Ja, Mann!», trockne meinen Fuss mit dem schmirgelähnlichen Papier ab und zwänge mich in eine meiner hochhackigen Stöckelsandalen. Dann setze ich mich auf den WC-Deckel und verschnaufe kurz. «How long?», fragt die neugierige Stimme weiter und ich kapituliere. Schnell putze ich die Seife in meinem Ausschnitt mithilfe des steinharten WC-Papiers weg, das eine rot aufgewetzte Stelle hinterlässt, und gehe aus dem kleinen, stickigen Raum. Ich humple auf einem High Heel durch den Gang, ziehe einen wütenden Schmollmund und quetsche mich dann auf Flügelhöhe, dort, wo Flugzeuge, falls sie brechen, immer als Erstes brechen und man keine Aussicht hat, auf meinen Platz in der Mitte.

Links neben mir schnarcht ein älterer Herr so laut, dass er als Bass an einer Dubstep-Party engagiert werden könnte, rechts neben mir ein extrem gut genährter Teenager, der ununterbrochen Spiele spielt. Was für ein Gerät er da hat, weiss ich nicht, ich weiss nur, dass es nicht im Entferntesten so aussieht wie mein alter Gameboy, aber bestimmt vier Mal so laut ist. Die Person vor mir hat es sich anscheinend ebenfalls gemütlich gemacht, ihre Sitzlehne ist jedenfalls so weit nach hinten gelehnt, wie's geht, und jemand aus der Grossfamilie hinter mir drückt sein Knie gerade tief in den Rücken. Perfekte Voraussetzungen also, um mein Projekt weiterzuverfolgen und mich zu schminken. Ich lehne mich vor und drücke mein Gesicht an die Sitzlehne vor mir, um an meine Tasche unter dem Sitz zu gelangen. Will gar nicht wissen, wie viele Pickel das gibt. Mühselig ziehe ich sie hervor und richte mich wieder auf. Dann stelle ich meinen kleinen Mini-Spiegel und diverse Kosmetikprodukte unter dem interessierten Blick des Pickelgesichts neben mir auf die aufgeklappte Tischplatte und beginne damit Make-up aufzutragen, was sich mit eng anliegenden Ellenbogen ziemlich schwierig gestaltet. Die nervtötende Musik rechts neben mir verstummt und mir wird bewusst, dass ich – sehr zur Belustigung meines Sitznachbars – Grimassen schneide, wenn ich mich schminke. Ich werfe ihm meinen aller-, allerbösesten Blick zu, woraufhin er sich beschämt abwendet. In dem Moment verlangt der Pilot über die Lautsprecher, dass alles verräumt, die Tischplatten nach oben geklappt und alle elektronischen Geräte abgeschaltet werden müssen. Was? Hallo? Ich habe gerade mal die Grundierung fertig, ich sehe aus wie eine leere Leinwand! Verzweifelt versuche ich, mir mit Kajal eine Augenkontur aufzumalen, als die Stewardess erscheint und mich bittet, den Tisch hochzuklappen. ICH KANN DEN TISCH NICHT ZUKLAPPEN, MANN, DAS SEHEN SIE DOCH!, schreie ich aufgelöst, werfe meinen zweiten Schuh nach ihr und Tränen steigen mir in die Augen. Die Frau mit der Hochsteckfrisur entfernt sich und ich wähne mich gerettet.

So weit entfernt von meiner Vorstellung bin ich gar nicht, rede ich mir ein, während ich mich der Schiebetür aus Milchglas nähere. Ich trage ein Sommerkleid, ich trage ein Sommerkleid, ich trage ein Sommerkleid. Die Tür geht auf, der erhoffte Luftstoss bleibt aus. In der Tür stehe ich. Mein Gesicht ist – abgesehen von einem schwarz umrundeten und verschmierten Auge – schneeweiss, ich trage einen von zwei High Heels, links ein etwas klumpiges Accessoire von einem Polizisten am Oberarm und rechts einen sehr unförmigen Koffer, von der Zollbehörde unsanft durchstöbert und lieblos mit Klebeband zusammengeklebt. Ich starte den allerletzten Versuch, zu retten, was zu retten ist, und puste mir unelegant eine Strähne aus dem Gesicht. Na toll. Der Polizist führt mich aus dem Bereich der Ankommenden und setzt mich auf eine Bank. «Wartet hier jemand auf Sie?», fragt er mich. «Wissen Sie was?», sage ich und werfe einen letzten Blick zurück. Dann wende ich mich an den uniformierten Typen und antworte: «Nein, es wartet niemand auf mich. Denn das Leben ist kein Hollywoodfilm – wenn es einer wäre, dann würden Sie nämlich wesentlich besser aussehen.» Mit diesen Worten stehe ich auf, entledige mich meines übrig gebliebenen Schuhes, fasse meinen Koffer und verlasse erhobenen und verschmierten Hauptes den Flughafen.

KREBS

An einem Tag im September, als der Wind zu frisch war, um schwimmen zu gehen, und mir der fliegende Sand die Haut auspeitschte, stürzte ich mich in die Fluten des kalten Atlantiks, der sich aufbäumte und zischte, mir seine salzigen Wellen entgegentrug und sie tausend Nadelstichen gleich auf mich niederfahren liess. Immer wieder wurde ich von den Füssen gerissen, wie eine Puppe ohne Willen, wie ein dünnes Stück Seegras immer wieder an Land gespült, egal wie oft ich mich ins Wasser zurückkämpfte.

Meine Ohnmacht gegenüber der Natur ist grenzenlos. Das zu akzeptieren, wird ein Leben lang dauern. Das Meer liess mich an diesem Tag erschöpft, frierend und geschwächt zurück. Trotzdem bereute ich es nie, damals draussen geblieben zu sein.

Es gibt nicht für alles eine Erklärung und bei Weitem mehr Fragen als Antworten. Damit kann ich meistens umgehen.

Krebs ist für mich schwierig zu verstehen. Ich habe immer gedacht, Wissen schütze mich vor

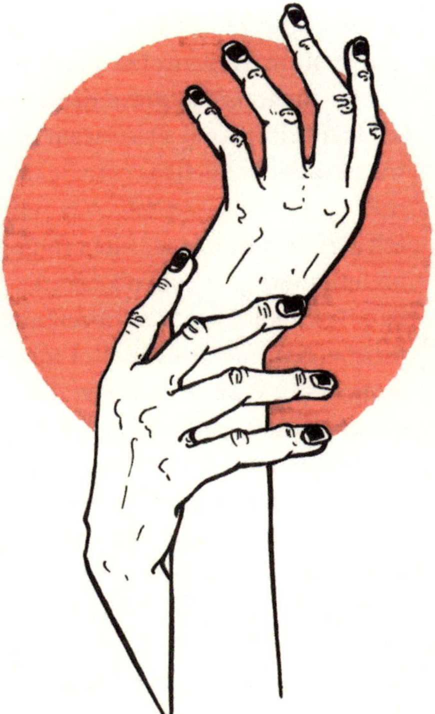

Unwissenheit. Doch ich weiss nicht, was passiert, egal wie viel ich darüber lese, was bereits geschehen ist.
Ich fühle mich sicherer, wenn ich das Gefühl habe, etwas zu durchschauen. Ich bilde mir ein, zu verstehen, was mit deinem Körper geschieht. Ich weiss, dass es vermutlich nicht wirklich stimmt, aber wenn ich mir vorstelle, wie die Zellen in deinem Körper zu schnell wachsen, wichtige Durchgänge blockieren und falsche Funktionen ausführen, dann leuchtet mir ein, dass dein Körper nicht mehr einwandfrei funktioniert, und ich sehe ein, dass es natürlich ist, dass man das nicht überlebt.

Ich glaube daran, dass alles so geschieht, weil es nicht anders geschehen kann. All die Tage, Stunden, Sekunden bevor es überhaupt einen Namen für die Zeit gab, all diese Momente, jede Bewegung, jeder Wimpernschlag, jeder Windstoss, jede umgeknickte Blume, jeder reissende Fluss, jeder Sonnenauf- und Sonnenuntergang, jeder explodierte Stern und jeder Kuss war ein Schritt in Richtung jetzt. Hätten wir Dinge anders gemacht, wäre alles anders. Haben wir aber nicht. Deshalb ist es jetzt so, wie es ist. Das heisst nicht, dass wir selber schuld sind. In solchen Situationen gibt es keine Schuld. Das ist schwer zu akzeptieren. Schuld ist einfach. Machtlosigkeit nicht.

Manchmal habe ich das Gefühl, dass sich etwas in meiner Brustgegend windet bei dem Gedanken daran, dass ich nichts zu tun vermag. Dann liege ich da und mir wird regelrecht schlecht von dem Gefühl der Betäubung. Manchmal wird es für ein paar Stunden besser, wenn ich meine Sinne beneble. Doch es kommt immer wieder zurück. Die Gewissheit kommt immer wieder zurück: Selbst wenn es eine Lösung gäbe, für dich kommt sie zu spät. Und da gibt es nichts, was man noch tun könnte.

An diesem Punkt gibt es keine Entscheidung zu treffen, kein Urteil zu fällen. Es gibt kein Richtig, kein Falsch. Es gilt nichts zu erklären und alles zu hinterfragen, im Wissen, dass man keine Antworten bekommen wird und auch nie welche hatte.

Gegen diese Ohnmacht zu kämpfen, ist schwer. Der Kampf gegen Krebs wird nicht immer gewonnen. Menschen, die sich diesem Kampf jeden Tag aufs Neue stellen, obwohl sie nicht müssten, sind meiner Meinung nach entweder von allen guten Geistern verlassen oder unglaublich stark und nicht zu brechen.

Verluste führen uns vor Augen, was wir zu verlieren haben: alles. Ich meine, sehen wir es doch ein. Wir alle werden mal tot sein und dann werden wir vergessen, früher oder später, irgendwann. Wir sind ein Wimpernschlag in der Unendlichkeit. Also sollten wir doch einfach tun, was wir wollen. Denn auch mit den grössten Vorsichtsmassnahmen kann es passieren, dass man krank wird. Krebs ist unberechenbar. Für mich zumindest. Leute zu haben, die wenigstens wissen, wie man möglichst lange damit weiterleben oder ihn vielleicht sogar besiegen kann, ist gut. Ich weiss nicht, ob der Kampf gegen diese Krankheit jemals gewonnen werden kann, andere vielleicht schon.

Wenn ich damals nicht in die Fluten gestiegen wäre, hätte ich abends nicht so tief geschlafen. Das Leben ist endlich. Wir sind uns dessen viel zu wenig bewusst. You only live once, live every day like it's your last, carpe diem – tausendmal gehört, tausendmal nichts gefühlt. Ständig wird uns gesagt, dass wir unser Leben leben sollen. Ja, was sollten wir denn auch sonst damit tun?

SCHUBLADEN

Ich falte meine Socken nicht. Ich lege sie übereinander und stülpe den einen um den anderen. Dann lege ich sie in meine Schublade. Nein, legen ist das falsche Wort. Ich werfe sie. Und ich habe keine richtige Schublade, sondern eine Kiste.
Eine Kiste voller Socken und Strumpfhosen und Stulpen und auch Kniesocken und halber Socken und Strapsen und ich nehme es nicht so genau mit dem Falten und Stülpen und manchmal – eigentlich nicht nur manchmal, sondern ziemlich oft – kommt es vor, dass meine Unterwäsche auch in dieser Kiste landet, weil ich die falsche Kiste treffe, wenn ich von meinem Bett aus werfe, wo ich manchmal sitze, wenn ich Wäsche zusammenschlurpfe, denn falten kann man dem nicht immer sagen.

Ich mag keine Schubladen. Nicht, weil sie nicht praktisch wären. Ich mag Ordnung. Ordnung hilft mir, mich zurechtzufinden, wenn in meinem eigenen Kopf mal wieder gar nichts da ist, wo es hingehört. Weil meine Socken dann im Sockenfach sind und meine Unterhosen im Unterhosenfach, wenn schon nicht mein Herz in Kopfes Hand

und mein Leben in seiner Bahn. Aber Schubladen sind auch nur beschränkt gut. Schubladen sind gut für Kleider. Aber sie sind einfach zu eng für Menschen.

Ich mag bunte Farben und schiefe Schnitte. Ich mag silberne Leggins und Lackledergummitaschen, Mützen mit Ohren, Schuhe mit Löchern und Plateaus in komischen Farben. Ich mag Eigenart und Vielfalt.

Aber man soll nicht zwei exotische Teile zusammen anziehen. Sonst ist das Auge überfordert. Das wäre ja fast, wie wenn man verschiedene Nationen zusammen reden lassen würde, oder Heteros mit Homos und Queers zusammen in einem Raum. Das geht ja nicht. Die verstehen sich ja nicht. Die kommunizieren ja dann nicht zusammen.

Okay, der Vergleich hinkt. Ich meine, Muster, Farben und Materialien können sich völlig fremd sein. Aber Menschen bleiben immer Menschen. Doch wie oft wird das vergessen? Wie oft ist der Penner einfach nur der Penner und der Brötchenverkäufer einfach immer nur der Bäcker? Aber keine Angst, das wird jetzt gar kein solcher Text. Das wird jetzt nicht so eine Wann-habt-ihr-dem-Ticketkontrolleur-das-letzte-Mal-in-die-Augengeschaut?-Wir-haben-uns-alle-lieb-Kotze. Nein, darum geht's mir gar nicht. Mir geht's darum, aufzuhören, in Schubladen zu denken, nur weil sie zu Hause so gut funktionieren. Menschen sind keine Kleider und ihre Hautfarbe ist kein Muster, das man kombinieren kann. Lesben sind nicht aggressiv und Frauen sind nicht lieblich, Männer sind nicht hart und Kinder sind nicht süss. Oder manchmal eben doch.

Ich bin vierundzwanzig und ich habe Brüste, auch wenn man sie nicht immer sieht, ich kann kochen, aber alle Blumen sterben in meinem Zimmer. Ich trage kein Rot. Nicht, weil ich nicht sexy sein will, sondern weil ich nicht mag, wie es an mir aussieht. Ich mag Pink. Deswegen bin ich aber noch lange nicht unreif. Ich weiss genau, was ich nicht will.

Ich will zum Beispiel nie mehr jemanden in eine Schublade stecken, in die er sich nicht selber legt. Ich habe noch nie jemanden kennengelernt, den ich nicht hätte kategorisieren können. In je mindestens vier Schubladen. Und dann entscheidet man sich normalerweise für eine.

Der sieht gut aus, hat aber keinen Stil? Geheimnisvoller Fremder.
Er hat noch eine Gitarre? Mysteriöser Künstler.

Ungepflegte Erscheinung und Bart? Penner.
Zusätzliches Smartphone? Hipster.
Hohe Schuhe? Tussi.
Blumiger Rock? Mädchen.
Lange Plastikfingernägel? Wahrscheinlich eine Prostituierte.
Lange Haare? Gut. Kurze Haare? Prüde. Brille? Intellektuell.

Das Spiel könnte ewig so weitergehen. Man findet zu jedem ein passendes Vorurteil. Alles schön ordentlich verstaut, in der passend beschrifteten Kiste.

Nur leider ist es ist tausendmal schwieriger, jemanden kennenzulernen, wenn man denkt, dass man ihn schon kennt. Eigentlich ist das ziemlich unmöglich. Es wird Zeit, hinter die Fassaden zu sehen und Menschen kennenzulernen, ohne nur in Schubladen zu denken. Ich weiss, dass man das nicht immer verhindern kann. Wenn einem jemand nicht auf Anhieb gefällt, wird die Sex-Kiste auch gar nie aufgemacht. Aber man kann nie wissen. Vielleicht ist der Typ mit dem längsten Nasenhaar der Welt der absolut tollste Hecht, den du je getroffen hast, und er kann dein Herz mit seinen Worten erwärmen, wie es sonst nur das Chili mit deinem Darm schafft. Nur wirst du's nie rausfinden, wenn du dich von diesem einen

Nasenhaar dazu verleiten lässt, ihm niemals auch nur den Hauch einer Chance zu geben, dir zu beweisen, dass er mehr ist als nur eklig.

Ich mein ja nur. Nicht, dass man jetzt jedem eine Chance geben muss. Aber dann doch lieber auf ein Bier mit dem Nasenhaarmensch mit Glatze, der dir die Tür aufhält und seinen Schirm ausleiht, als mit dem absolut hinreissenden Arschloch, das sich an der Bar so gut gekleidet wie grosskotzig mit dir unterhält und dir perfekterweise immer dann das Gefühl gibt, du seist seiner nicht würdig, wenn du gehen willst. Gerade so, dass du es nicht auf dir sitzen lassen kannst, weil du denkst, du musst ihm was beweisen. Musst du aber nicht. Ausser vielleicht das, dass du Menschen auch hinter der Fassade erkennst und dass deine Schubladen nur dazu da sind, um stinkende Fratzen hinter schönen Masken oder eben Socken zu verstauen. Denn für Menschen braucht es keine.

FRAUEN UNTER SICH UNTER MÄNNERN

An den ersten deutschsprachigen Meisterschaften im Poetry Slam, an denen ich teilnahm, war ich mit einer anderen Slammerin aus der Schweiz im Zimmer einquartiert, die ich nicht ausstehen konnte. Sie war damals relativ neu in der Szene und die Freundin eines befreundeten Slammers, laut, zappelig und energisch – genauso wie ich.

Warum ich sie nicht ausstehen konnte, kann ich bis heute nicht begründen. Lange redete ich mir ein, dass es daran lag, dass ich mir bei ihrem damaligen Freund Chancen ausgerechnet hatte. Aber das stimmt nicht. Denn eigentlich gibt es keinen wirklichen Grund, sondern nur die Wahrheit, und die ist wirklich scheisse.

Ich mochte sie nämlich nicht, weil ich sie als Konkurrenz sah. Ich hatte das Gefühl, neben ihr zu verblassen. All die Aufmerksamkeit (der grösstenteils männlichen Slammer) um uns herum galt ihr. Sie wurde von allen ausgefragt, zog das gesamte Interesse auf sich und war sich nie zu schade, diese Bühne auch zu nutzen. Ich war neidisch. Ich fühlte mich bedroht. Ich wollte

besser sein. Besser worin, mag man sich fragen. Nun, so jämmerlich es klingt, wahrscheinlich wollte ich einfach beliebter sein – vor allem bei den Männern.

Ich bin nicht mit übermässig präsenten Rollenbildern aufgewachsen. Mir wurde in meiner Kindheit und Jugend selten bis gar nie direkt gesagt, ich könne irgendwas nicht, weil ich ein Mädchen bin. Aber mir wurde gezeigt, wie die Welt für Frauen funktioniert – in der Schule, in der Öffentlichkeit, im Umgang mit mir. So wurde mir beigebracht, dass ich viel cooler bin, wenn ich mit Jungs zusammen bin. Weil Jungs cool sind und Mädchen hübsch. Die hübschesten Mädchen sind dann die, die mit den coolsten Jungs zusammen sein dürfen – und dann sind sie auch bei allen anderen Mädchen angesagt. Ohne Scheiss: Coole Jungs und hübsche Mädchen sind die Könige der Welt (und ich sage extra nur Könige, weil Königinnen hier eine rein dekorative Rolle spielen). Das habe ich aus all den Bravo-Love-Storys und Teenie-Filmen mitgenommen und habe es so gelebt, bis ich irgendwann bemerkt habe, dass ich mir selber schon ziemlich oft genug bin – und ich keinen Mann brauche, um mich ganz zu fühlen, als vollständig wahrgenommen zu werden, oder glücklich zu sein.

Andere Frauen in erster Linie als Konkurrenz zu sehen, ist eines der vielen Symptome einer übersexualisierten, patriarchalen Gesellschaft. Ich bin Frauen lange Zeit anders begegnet als Männern – negativ, skeptisch, argwöhnisch. Männern hingegen wollte ich in erster Linie gefallen, egal, ob sie mir auch gefielen oder nicht. Diese Erkenntnis lässt mich schaudern. Ich hoffe sehr, dass ich eine Ausnahme bin und dass junge Frauen heute ein anderes Verständnis von Selbstbestimmung haben als ich damals. Es darf nicht mehr passieren, dass sich Frauen untereinander nicht solidarisieren, weil sie die Gunst der Männer über ihr eigenes Wohl stellen. Das ist einfach nicht richtig. Die oft gehörten Sätze «Ich hänge lieber mit Männern rum» oder «Männer sind einfach so viel unkomplizierter als Frauen» bedeuten eigentlich nur, dass man noch nicht damit begonnen hat, Menschen statt Geschlechter kennenzulernen – und es wird höchste Zeit, damit endlich und ein für alle Mal aufzuhören.

Ich habe an jenen Meisterschaften eine meiner besten Freundinnen kennengelernt. Das wäre nie passiert, hätte ich ihr keine Chance gegeben und meine Vorurteile nicht endgültig in die Tonne gekickt. Es ist an der Zeit, dass wir Charakter und Seele vor Geschlechter und Rollen stellen. Ich verspreche euch, wir werden es nicht bereuen.

SCHOKOLADENKONDOM

Warum?
Warum sollen Penisse nach Schokolade schmecken?
Warum wollen Menschen überhaupt, dass Genitalien nach Essen schmecken?
Warum heisst es Eat Pussy, aber Suck Dick?
Ist der Schokoladengeruch überhaupt penetrant genug, um den Latexgeruch zu übertünchen?
Und wäre das dann nicht dasselbe Prinzip, wie im Mittelalter Parfüm über ungeduschte Körperstellen zu sprühen?
Riechen ein paar Leute so streng, dass man ein geschmacklich verändertes Kondom benutzen muss? Und sollte man dann mit diesen Menschen nicht einfach keinen Sex haben?
Gibt es auch Lecktücher mit Schokoladengeschmack?
Benutzt überhaupt irgendjemand jemals Lecktücher?
Vorausgesetzt, der Geschmack ist authentisch – wie kann man wissen, ob jemand wirklich geil ist oder nur Hunger hat?
Ist es gefährlich, jemand Hungriges einen Blowjob mit Schokoladenkondom ausführen zu lassen?

Ist ein Penis mit Schokoladenkondom darüber ein Branchli?
Sowieso. Kann man sich beim Sex denn nicht einfach auf's Wesentliche konzentrieren?
Warum kann man nicht einfach essen und danach vögeln?
Oder vögeln und danach essen.
Oder vögeln und rauchen und dann essen.
Gibt es auch Kondome mit Zigarette-Danach-Geschmack?
Oder schlechte Kondome mit integrierter Pille danach?
Macht Schokolade wirklich glücklich?
Funktioniert ein Schokoladenkondom als Köder für Verzweifelte an einer Bar?
Und wenn ja, ist der Sex mit einem Schokoladenkondom dann besser?
Auch ohne Orgasmus?
Ist ein Ejakulat in einem Schokoladenkondom ein Schokobrunnen?
Ist das Sperma dann die Füllung der Kondompraline?
Wie viele Pralinen mit ein wenig extravaganter nussig-salziger Füllung habt ihr in eurem Leben schon gegessen?
Woher haben die Chocolatiers wohl ihre Ideen?
Bekommen Angestellte eines Schokoladenkonzerns gratis Schokoladenkondome als Firmengeschenk?

Warum gibt es extra Schokoladenfarbe, um sich damit den Körper anzumalen?
Reicht es nicht, normale Schokolade zu schmelzen?
Warum werden zu dieser flüssigen Schokoladenfarbe extra Pinsel mitgeliefert?
Warum ist es keine Fingerfarbe?
Sind in normaler Schokolade Spermizide enthalten, für den Fall, dass man sie schmelzen und zu Schokoladenkondomen giessen möchte?
Schmeckt man Spermizide?
Können wir je wissen, ob es keine Spermizide in normaler Schokolade hat?
Können wir je wissen, ob es kein Sperma in normaler Schokolade hat?
Werde ich je wieder Schokolade essen können, ohne an das hier zu denken?
Gibt es auch weisse Schokoladenkondome?
Vorausgesetzt, der Schokoladengeschmack ist nicht stark genug, sind dann alle normalen Kondome weisse Schokoladenkondome?
Können Schokoladenkondome, wenn man sie falsch aufzieht, Spuren von Nüssen enthalten?
Kann ein Schokoladenkondom bei zu viel Reibung schmelzen?
Wenn das Schokoladenkondom kaputtgeht, wird das Kind dann schwarz?
Gibt es auch Schokoladengleitcreme?
Oder Sahnegleitcreme?

Warum gibt es immer nur süsse Geschmäcker oder Früchtekondome?
Warum nicht mal ein Salat-Kondom mit French Dressing?
Oder ein Spaghetti-Kondom mit Bolognese-Gleitcreme?
Oder ein Hotdog-Kondom mit Ketchup?

Gibt es vielleicht ganze Menü-Sets in Form von Kondomen?
Ist das das Geheimnis der Diät von Pornodarstellerinnen?
Sind Schokoladenkondome auch für laktoseintolerante Menschen geeignet?
Und wenn man von Analverkehr zu Fellatio wechselt, wie kann man dann wissen, ob das jetzt Schokolade ist oder nicht?

Nun, die Antwort auf all diese Fragen ist Nein.
Nein zu Schokoladenkondomen.
Ja zu Verhütung.

ABRECHNUNG

Manchmal klickt man sich nachts noch durch Gegenden, die man eigentlich meiden wollte. Kirschen essend sitze ich da und ziehe den Stiel ploppend aus der Frucht.
Verwinkelte Gassen des Internets locken meinen Geist, zu müde zum Lesen, nur sehen und klicken. Den ganzen Tag versunken und dann doch noch ein kleiner Rest Aussenwelt vor'm Schlafengehen, ein Foto, ein paar Likes und dann ein Profil, schon lang nicht mehr gesehn-t. Blond, blond, blond und gut aussehend, blond und lang und Mann und Mannomann wie gut er aussieht, wie gut der schon damals aussah. Das ist lange her. Blicke von verstecktem Begehren, zu klein, um zu gären. Nur da, einfach so und genug darin. Und ich klicke mich weiter, mehr schöne Gestalten in gepflegten Gärten, mit Blumen umrankte Vorzeigezähne, romantische Liebe, hüftumschlungene Momente des Lachens. Alles wie in regenbogenknisterpapierene Schönheit gehüllt, unscharfe Bilder entrückter Augenblicke und da, inmitten von Fotos von halbfremden Menschen mit schönen Gesichtern, sitzt du. Wie ein Geist aus der Vergangenheit, ein vergessener Teil meiner Erinnerung.

Ich spucke den Kirschstein aus, sauge an meinem Finger, um ihn vom süssen Saft zu befreien, und starre dabei auf die Pixel, unnachgiebig starr zu einem närrischen Bild formiert, auf dem du das Bier mit halb geöffnetem Mund zurück in dein Glas fliessen lässt: eine Geste, die an Dummheit und Lächerlichkeit kaum zu überbieten ist und dich trotzdem so schön aussehen lässt, dass alles zurückkommt mit uns zwei, obwohl ich gedacht hab', da wär' gar nichts mehr oder vielleicht sogar schon immer zu wenig gewesen.

Nur dass es mir leicht fiel zu gehen, damals, dass ich dich nicht vermisste, dass du dich nicht bemüht hast, dass wir beide von Anfang an dachten, es würde nicht so lange halten, wie es dann hielt, nur das will ich noch wissen, das ist es, was ich erzähle, wenn man mich nach dir fragt. Eine zweckmässige Sache, sage ich dann, ohne grosse Gefühle, es war halt grad praktisch, nicht alleine zu sein, aber einen Draht hatten wir nie, nie wirklich.

Ich habe es geschafft, mir einzureden, es sei alles gesagt, obwohl wir eigentlich nie etwas zueinander gesagt haben. Ich habe das Leid vergessen, das Warten, das Zehren, die unnachgiebige Unstimmigkeit, die verschobene Wahrheit zwischen uns, eine Dissonanz, die manchmal nicht mal im Schlaf weggehen wollte, wie ein immerwährender

Tinnitus einer Party, auf der wir nicht mal waren. Ich habe die Zeit vergessen. All die Zeit wach neben dir im Bett – still, ohne einander zu sehen, all die Zeit zusammen, jede einzelne Sekunde, jeder Blick, jede Geste und die Berührungen, die am Anfang noch so begehrten, mit Illusion angereicherten Pfade auf unserer Haut, warm nebeneinander, die langsam in der kalten Winterluft ausgekühlt sind, bis da nur noch leeres Gegrabsche war. Ich habe vergessen, dass ich dich am Anfang wirklich wollte und dass es mir egal war, dass ich dich nicht verstand.

Du hättest mich abweisen sollen.

Ich habe nicht verstanden, was geschah. Verschwommene Sicht von den Tränen des Trotzes, Rettungsversuche, mit so vielen Worten, Fragen, um Antworten bangend, sich klammernd an letzte Überbleibsel einer einst so glühenden Liebe, und du bliebst stumm. Dass du nicht einmal das Rückgrat hattest, mir gegenüberzutreten und mir wenigstens einmal ins Gesicht zu sehen und mir die Wahrheit zu sagen, die nackte, verkrüppelte, hässliche Wahrheit, das, was du sagen wolltest – und zwar zu mir und nicht zu einem Bildschirm, sondern zu mir, zu meinem blossen Ich, zu meiner Seele, zu meinem blutenden Herzen, denn ich habe dich geliebt, ja, ich habe dich geliebt und du hast das Bier wieder in dein Glas zurückfliessen lassen und einen Witz darüber gemacht.

Es wäre so einfach, wenn es so einfach wäre. So einfach, wenn du nur der Idiot wärst, der da auf dem Bild zu sehen ist. Aber inmitten all dieser stummen Erinnerungen der Unstimmigkeit warst du auch ein Junge. Einer, der mir selbst bemalte Kerzen ans Bett stellte, der nicht viel gesagt, sondern einfach gemacht hat. Du hattest meine Seele und ich hatte deine und wir waren uns teilweise so unglaublich nah, nur um im zweiten Moment wieder voneinander getrennt zu sein, wie von einer unsichtbaren Wand. Dann warst du nur für dich da und ich war weg, der Zugang versperrt, die Freiheit für dich ohne mich, radikal.

Mein Finger ist schrumpelig, weil ich selbstvergessen darauf herumgekaut habe, während ich auf diese Pixel starre, die mir den Blick in die Vergangenheit öffnen. Ich lasse davon ab und ziehe die nächste Kirsche, plopp, vom Stiel. Ich köpfe sie im selben Moment, wie ich das Bild wegklicke, weg, hinfort, aus den Augen, aus dem Sinn, die Tür geht zu, der Käfig verriegelt.

Du warst mal ein Splitter in meinem Herzen, doch wenn ich lange genug warte, das verspreche ich dir, wird man nicht einmal mehr eine Narbe sehen.

FITNESS

Positiver Stress? Was zur Hölle ist positiver Stress? Warum sehe ich mir das überhaupt an? Ein junger Mann mit offensichtlich regem Solariumbesuchsverhalten sitzt breitbeinig vor der Kamera und zählt die fünf besten Appetitzügler auf. Appetitzügler! Was für ein Unwort! Wasser sei der erste und auch gleich der beste. Weil der Körper angeblich meistens gar keinen Hunger hat, sondern nur Durst. Was für ein Schwachsinn! Ich hab' Hunger! Ich will Steak! Was muss das denn für ein trauriges Leben sein, wenn der Kerl mit seiner steinhart trainierten Freundin in ein Restaurant geht und sie beide ein Glas Wasser bestellen? Alkohol trinken sie bestimmt auch nicht, weil der zu viele Kalorien hat, und nachts trainieren sie dann aufeinander, Liegestütze, rauf runter, rein raus, Hauptsache, die Stellung trainiert auch noch die hinteren unteren Pobacken! Also bitte, da trinke ich mir lieber ordentlich einen an und tanze wild und peinlich, da verbrenne ich auch Kalorien und habe bestimmt mehr Spass dabei.

Ich hab' genug davon, dass mir immer alle einreden, ich würde ungesund leben. Diese ständig ernährungsbewussten Ich-lebe-positiv-und-fühle-mich-so-gut-weil-ich-nichts-esse-was-mir-schmeckt-Abercrombie-und-Fitch-Träger. Diese Menschen, die von Turnschuhen gleich auf Fitness schliessen. Die Leute, die sagen: «Ach, Chips und Schokolade, weisst du, das mag ich gar nicht mehr so gerne. Wenn du wüsstest, was da alles drin ist!» Es ist mir egal, was drin ist, es schmeckt geil, Hauptsache, es ist nachher in mir drin! Frauen, die mit Blick auf meinen Burrito sagen: «Aber du willst doch in deinen Bikini passen?!» Ja klar, aber ich kauf mir den auch nicht drei Nummern zu klein! Männer, die sich alles glattrasieren, weil sich ihre Haare sonst in den Fitnessgeräten verheddern. All die Dauerwerbesendungen auf Super RTL nachmittags um drei, die dir weismachen wollen, dass du mit nur einer halben Stunde pro Tag topfit bist. In dieser halben Stunde schlafe ich lieber, das macht mich auch fit und danach muss ich mich nicht duschen. Alles wird einem madig geredet mit diesem Kalorientalk, den Kilojoules und diesem ständigen Übermenschgehabe. «Fitness heisst nicht nur Sport. Es bedeutet auch andere Ernährung und wird dich zu einem komplett anderen Menschen machen.» Aber ich will gar kein anderer Mensch werden! Vielleicht ein bisschen mehr Geld, aber bestimmt nicht weniger Genuss. Ich find's ganz gut, wenn mein Bauch nicht aussieht wie ein Küchenschneidebrett.

Aber man kommt nicht drum herum, man muss mittlerweile darum kämpfen, den Appetit nicht zu verlieren. Diese Gesundheitsnazis reden so lange auf einen ein, bis man auch in der geilsten Fritte nur noch eine abgelabberte, hässliche Fettwurst auf den Hüften sieht. Aber ich, ich weigere mich, diesen Wahnsinn weiterhin mitzumachen! Ich gebe den Kampf nicht auf! Nieder mit all diesen Bodytoning-Gurus, lang lebe Coca Cola und Zuckerwatte! Hoch die Tassen, mit süssem Rum gefüllt! Lasst uns wieder essen, was wir wollen, und geniessen, wie es sich gehört! Wenn wir schon keine Medaille gewinnen, dann haben wir wenigstens unser Hüftgold, und das kann uns keiner nehmen!

Deshalb: Wenn ihr nachts um eins noch so richtig hart Bock auf einen Kartoffelauflauf kriegt, zögert nicht, steht auf und tretet euren Siegesmarsch gegen all die Size Zero Models Richtung Küche an! Nieder mit all den Knochengerüsten und Schönheitsidealen! Mit Hunger im Bett zu liegen ist die allerschlimmste Folter, tausendmal schlimmer als wabbelnder Oberarmspeck, denn der sieht wenigstens lustig aus! All diese verklemmten Bodybuilder, die jeden Tag ins Fitnesscenter rennen, um sich im Spiegel selber beim Trainieren zuzusehen, sind dagegen eher gar nicht lustig. Was soll denn daran bitteschön erstrebenswert sein, wenn ein Lächeln plötzlich aussieht wie eine Bauch-Beine-Po-Übung?

Doch manchmal, das gebe ich zu, manchmal, da kommt auch bei mir ein schwacher Moment. Es mag vielleicht eine Werbung sein, die mich verführt, oder ich lasse mich vom Schein einer schönen Hülle darüber hinwegtäuschen, dass Faulheit, Essen und Trinken meine wahren Götter sind. Wenn es so weit kommt und ich kurz davor stehe, mich bei einem Fitnessstudio anzumelden oder mir eine Pilates-DVD zu kaufen, dann gibt es nur einen einzigen Ort, an den ich gehen kann: zu meiner Oma.
Der einzige Ort, an dem wir vor all diesen Gesundheitsfanatikern, diesen Essensterroristen und Muskelfetischisten sicher sind, sind die Küchen unserer Omas, in denen auf jedem Gericht mindestens zwei Löffel Butter geschmolzen werden, weil Fett den Geschmack besser transportiert und man für den Winter gewappnet sein muss, auch wenn es erst Frühling ist. Ja, da wird Speck noch paniert und frittiert, da riecht es so herzhaft und saftig, dass einem schon im Eingangsbereich der Speichel aus den Mundwinkeln tropft! Ist man dort erst einmal angekommen und hat sich durch die ganzen Teller inklusive Nachspeise, Wein und Kaffee geschlemmt, wird einem klar, dass die Welt da draussen nur eine dumme Illusion ist,

dass die Muskeln eines Menschen noch lange nicht die Grösse seines Herzens ausmachen und dass ein geiles Leben einfach ein bisschen fett sein muss.

BESTIMMUNG

Es tut mir leid, wenn ich euch jetzt entzaubern muss, aber es ist an der Zeit, dass ihr endlich die Wahrheit erfahrt: Wir können nicht alles werden, was wir wollen. Das ist schlichtweg nicht wahr. Ich könnte zum Beispiel niemals ein Eichhörnchen werden. Auch wenn die plastische Chirurgie heutzutage beinahe alles aus einem formen kann, ein richtiges Eichhörnchen würde ich deshalb trotzdem nie. Selbst wenn man mir die Beine kürzen, den Oberkörper stauchen, den Schädel verkleinern, den Kiefer umformen und einen wuscheligen Schwanz annähen würde, wäre ich immer noch viel zu gross, ein richtiges Eichhorn, und die anderen Eichhörnchen würden mich augenblicklich entlarven, mit Nüssen bewerfen und verjagen. Aber das wäre nicht mal das Schlimmste. Nein. Das Schlimmste wäre, dass ich viel zu gross wäre, um in die Baumlöcher hineinzuschlüpfen, dass alle kleinen Äste unter meinem Gewicht brechen würden, dass ich fürs Bäumeklettern und Löcherbuddeln zu wenig Krallen hätte und dass ich trotz allem immer noch eine Nussallergie hätte. Also würde ich irgendwann hungrig auf dem Waldboden sitzen, mir mit meinem buschigen Schwanz

die Tränen von den Wangen tupfen und feststellen, dass ich kein Eichhörnchen sein kann. Ja und dann würde ich mir wünschen, dass mir das jemand gesagt hätte, bevor ich all die Operationen gemacht habe.
Also sage ich es euch jetzt: Ihr könnt nicht alles werden, was ihr wollt!!
Ich weiss, dass eure Eltern euch das immer gesagt haben und dass ihr im Glauben aufgewachsen seid, dass – wenn ihr es nur genug wollt – ihr alles werden könnt, was auch immer ihr euch erträumt! Egal ob Gemüseverkäufer, Gemüselieferant, oder das Gemüse selber. Aber eure Eltern haben gelogen!
Und jeder von uns weiss das. Jeder kennt diese Menschen, die absolut fürchterliche Dinge tun, weil ihnen ein so unrealistisch hoher Glauben an Wunder eingeredet wurde, dass sie die Wörter «Realismus» und «Nein» aus ihrem Wortschatz verbannt haben.
Leute wie Claudia! Claudia aus Unter-Dörflingen bei Hinterm-Berg-am-Arsch-der-Welt, die schon in der Primarschule ihre Ohrringe aus mit Glitzer bemalten Teigwaren selbst hergestellt und damit konsequent bis heute nicht aufgehört hat. Claudia, deren Stilbewusstsein mit einem halb verwesten Dachs am Rande der Autobahn gleichgesetzt werden kann: verfilzt und flach. Jeder kennt so eine Claudia! Und wenn diese Claudia dann nach

einem zweitägigen Basic-Kurs an der Migros Klubschule einen Kredit aufnimmt und einen Beautysalon für Wimpernverlängerung & -verdickung, Haare schneiden, föhnen, waschen, färben und frisieren und Nageldesign aufmacht, da wünscht man sich doch, dass ihr wenigstens einmal jemand gesagt hätte: Nein! Tu das nicht. Da bist du wirklich, wirklich schlecht drin.
Und dann kommen wieder die Leute, die sagen: Aber wenn's sie glücklich macht!
Leute. Das macht sie doch nicht glücklich. Alle Menschen werden sie dafür hassen, was sie tut.
Das sind die gleichen Menschen, die auch sagen: Bleib so, wie du bist. Das kann man sagen, wenn man von jemandem ein Porträt malen oder ein Foto machen will, aber was ist denn das für ein Lebensratschlag?

Aber zurück zu Claudia. Claudia wird niemals respektiert werden, wenn sie ihr Leben lang Dinge tut, in denen sie schlecht ist und das nicht erkennt. Sie wird jegliche Selbstachtung verlieren und zuletzt auf einem Haufen Schulden und ganz vielen Kunstnägeln sitzen und sich fragen, warum sie so talentlos ist. Dabei hat natürlich auch Claudia Talente. Ohrringe aus Pasta basteln. Das ist ihr Ding.
Also hört doch auf mit diesem Du-kannst-alles-werden-was-du-willst!-Scheiss. Es kann mir doch

keiner erzählen, dass Herbert aus meiner Grundschulklasse irgendwas anderes hätte werden können als Bettwarenverkäufer. Mit seinem schläfrigen, weissen Gesicht, das schon von Weitem aussieht wie ein zerknittertes Kissen und einen unweigerlich müde macht, wenn man es sieht. Der, wenn er den Mund öffnet, eine solche Fontäne an Langeweile über seine Gesprächspartner ergiesst, dass sie sich nach einer halben Minute die Augenlider halten müssen, um nicht vornüber zu kippen: der geborene Bettwarenverkäufer! Wenn Herberts Eltern ihm die ganze Zeit eingeredet hätten, er könne werden, was er wolle, hätte er es vielleicht noch geglaubt und würde jetzt rekordverdächtige Schlangen an der Supermarktkasse verursachen oder er wäre Beamter geworden.

Nun, ich weiss, Utopien sind toll, und an sich selbst glauben ist auch wirklich wichtig. Aber es geht im Leben nicht nur darum, zu erkennen, wer man ist – sondern auch, was man kann. Denn nur wenn man beides weiss, kann man etwas tun, das einem selber Spass macht und die Umwelt gleichzeitig nicht um den Verstand bringt. Das klingt schwierig, aber gebt die Hoffnung nicht auf. Denn auch ein blindes Huhn findet mal den passenden Deckel.
Also bleibt ja nicht so, wie ihr seid. Aber werdet bitte auch nicht gleich zu Eichhörnchen.

POSTENLAUF

Leute hören ein Leben lang nicht damit auf, andere auf ihre Unvollkommenheit hinzuweisen. Je weniger zufrieden man mit sich selbst ist, desto eher muss man andere herabsetzen, um den eigenen Status zu bestätigen. Doch die Diffamierung aufgrund unzureichenden Alters macht irgendwann anderen hanebüchenen Formen Platz, denen man mit zunehmender Erfahrung (zum Glück und mit Grossmut) nicht mehr so viel Gewicht beimessen muss.

Irgendwann hören Mitmenschen nämlich damit auf, einem lächelnd und mit allwissender Miene zu erzählen, man sei noch jung. Nicht, dass es mir fehlte – war doch der Hinweis auf das (tatsächlich) junge Alter aus der damaligen Sicht stets eine an Beleidigung grenzende Betonung meiner nicht vorhandenen Vollwertigkeit –, aber ich komme nicht umhin, mich zu wundern, wann es aufgehört hat.

Mit fünfundzwanzig fühle ich mich zum ersten Mal in meinem Leben als Erwachsene und werde grösstenteils auch so behandelt. Ich habe gelernt,

Sorge zu mir selbst zu tragen. Nicht in dem Masse, wie das meine Eltern tun würden, aber so, dass mein Überleben auf längere Dauer möglich erscheint. Alles ist mehr oder weniger so gekommen, wie es alle um mich herum immer vorausgesagt haben. In gewisser Weise entbehrt das Leben grösserer Überraschungen. So stellte sich beinahe jede in der Vergangenheit gewonnene Erkenntnis fast zeitgleich als Binsenweisheit heraus, die mir Ältere schon mein Leben lang vorgepredigt hatten. Immer wieder komme ich an Orte, an denen so viele schon waren, und stelle neu fest, was für andere schon lange zur Wahrheit geworden ist. Ein Postenlauf.

Ganz das Klischee, stand ich also kürzlich vor dem Spiegel, zwischen Daumen und Zeigefinger ein eben erst entdecktes weisses Haar exponierend, und frug mich, wann mir das letzte Mal jemand gesagt hat, ich sei ja noch jung. Natürlich wusste ich es nicht mehr. In meinem jetzigen Alter kommen solche Bemerkungen meist nur noch von Männern, die sich selbst als zu alt für mich einstufen und dann eine leidige Ausrede für ihren eigenen Unmut suchen. Nicht besonders erinnerungswürdig. Trotzdem dachte ich darüber nach. Als ob ich darauf angewiesen wäre, mir von Aussenstehenden sagen zu lassen, ich sei jung, um mich nicht alt zu fühlen. Dabei finde ich Älterwerden bis jetzt ziemlich toll. Ich würde kein anderes Alter meinem jetzigen vorziehen. Ich zwirbelte das silbern schimmernde Haar fasziniert um meinen Finger und beobachtete die Lichtreflexe auf der porösen Oberfläche. Eigentlich ganz schön. Ausgerissen habe ich es trotzdem.

POLYGON

Flimmernde Hitze über rauschendem Meer
Salzige Ränder auf getrockneter Haut
Glühender Sand, weisse Gischt, ein paar Möwen
Dünen und gleissendes Sonnenflutlicht

Wenn man die Augen schliesst, sieht man die Lider von innen. Rotorange durchleuchtete Membran. Die Sonne sengt sich durch die Augendeckel, es ist hell und man sieht nichts ausser sich selbst. So nah, dass man nicht scharfstellen kann.

Haut von innen, Kinderlachen und Füsse im Sand, die Wärme der Sonne fast wie ein reales Gewicht auf jeder Zelle, Haare stellen sich gegen den Wind, Sand fliegt leise gegen Beine, Bauch, Brust.

Sie blinzelt und sieht zuerst nur weiss, die Wärme ist hell, die Welt schön, sie lächelt. Streckt blind den Arm aus und ertastet das Leben neben sich, atmend, real. Er liegt auf dem Bauch, das Gesicht abgewandt, die Haare, von der salzigen Hitze getrocknet, ein dichtes Spiel von wirrem, widerspenstigem Chaos. Ihr Unterarm trifft seinen Rücken, ihre Finger über Salz, Sand, Haut, Haar.

Er murmelt und dreht sich zu ihr, ihre Augen halb geschlossen, sie will ihn sehen und schaut hin – doch anstelle seines Gesichts ist da nur Haut, ohne Nase und Augen, ohne Knochen, ohne Knorpel, ein sich ständig deformierendes, sich ihr entgegenwölbendes, eingedelltes, entstelltes Etwas, ein Abgrund, eine klaffende Wunde sofort in ihrem Bauch, sie keucht und reisst die Augen auf.
Es ist dunkel.
Stille.
Das Bild des Traumes wirkt wie eine Blaupause auf ihrer Netzhaut nach. Sie schüttelt den Kopf, kneift die Augen zusammen, seufzt laut, wie um sich selbst zu beweisen, dass sie hier real ist, sich zu vergewissern. Abzuschütteln.

Sie setzt sich auf, eine Hand stützend unter ihrem gewölbten Bauch, und schiebt sich an die Bettkante. Die Füsse auf kühlem Holzboden machen wacher, aber es fühlt sich immer noch an wie von einem Erdbeben erschüttert. Zerfallen.
Sie kennt das Gefühl. Seit der Schwangerschaft fast jede Nacht solche Träume, aus denen sie bebend aufschreckt. Die Angst wird sich legen, der Schock wird vergehen, eine Stunde, einen Tee, vielleicht ein Buch zur Ablenkung.
Den Bademantel um den vom Schlaf noch warmen Körper geschlungen, setzt sie sich mit der heissen Tasse in den Händen auf die Couch und

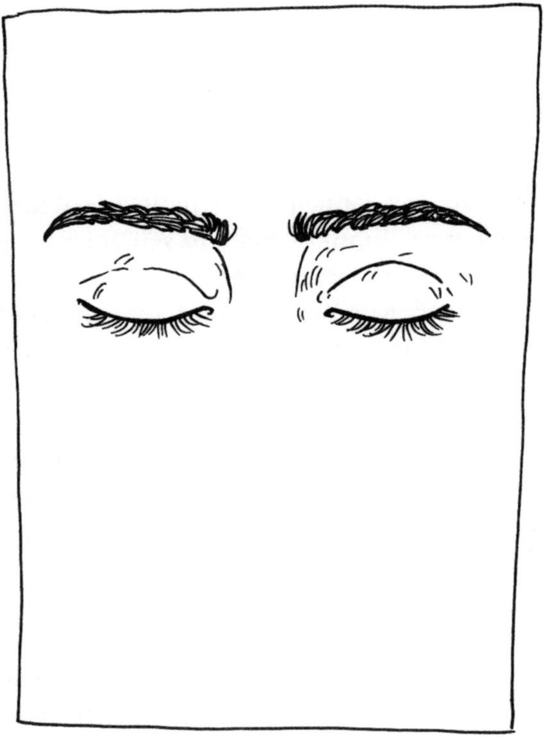

lässt den Blick aus dem immer noch dunklen Wohnzimmer zum Fenster hinaus schweifen.

Sie kann sich nicht mehr gut an ihren Vater erinnern. Er war ziemlich unmittelbar nach dem Unglück gestorben. Die Bilder, die ihr geblieben waren, zeigten einen jungen Mann, den sie hauptsächlich aus Erzählungen ihrer Mutter kannte. Durch die Augen einer leidenden Liebenden überhaupt erst kennengelernt hatte. Die Medaillen, die man ihm post mortem verliehen hatte, weil er einer der Liquidatoren gewesen war, hingen heute noch im Wohnzimmer, gut sichtbar für jeden, der ihre Mutter besuchte. Direkt daneben ein Foto, auf dem er noch gesund ist, gut aussieht. Unverwechselbar ihr Vater. Das gleiche Gesicht.
Sie war vier Jahre alt gewesen, als der Reaktor explodierte. Fünf, als ihr Vater seinem kurzen, aber intensiven Verfall erlag. Strahlenkrankheit. Das Wort hatte sie damals an die Heiligenbilder in der Kirche erinnert. Lange hatte sie sich ihren abwesenden Vater so vorgestellt: umgeben von goldgelben Strahlen, aus seinem Inneren. Heute weiss sie natürlich, dass er nie so ausgesehen hatte. Wahrscheinlich hatte man äusserlich fast gar nichts von seiner Krankheit gesehen. Aber in ihrer Erinnerung war dieses Fantasiebild noch immer stärker als das eine Mal, als sie ihn noch gesehen hatte, bevor er starb. Wenn sie versuchte,

sich daran zu erinnern, wusste sie manchmal nicht, ob es wirklich so geschehen war oder ob sie nur zu sehen glaubte, was ihre Mutter immer wieder erzählte.

Sie seufzt und nimmt einen Schluck von ihrem Tee, von dessen Wärme fast nichts mehr da ist. Ihre Atmung ist ruhiger, der Sturm in ihrem Inneren hat sich gelegt, wie Sand in einem Wasserglas. Als sie aufsteht, bewegt sich das Kind.

Im Schlafzimmer legt sie sich neben ihn. Sie schliesst die Augen und streckt den Arm aus. Ertastet das Leben neben sich. Fühlt das Leben in sich.
Murmelnd dreht er sich zu ihr, legt seine Hand auf ihre und küsst sie. So nah, dass sie nicht scharfstellen kann. Sie schliesst die Augen. Vielleicht sieht das Kind sie von innen. Geschützt und warm, wie von der Sonne gewärmt.

NICHT NOCH EIN TEXT ZU OLTEN!

Das war's. Wir haben es jetzt wirklich alle begriffen: In Olten leben Menschen, die schreiben. Wenn das jemand immer noch nicht weiss, dann liest er keine Zeitung, keine Magazine und bestimmt auch keine Bücher, ist nicht auf Facebook und hält sich beim Radiohören die Ohren zu. Vielleicht interessiert es ihn auch einfach nicht, woher die Menschen kommen, die gute Bücher schreiben, gute Literatur fabrizieren, gute Spoken-Word-Performances auf die Bühne bringen. Vielleicht geht es ihm einfach nur um den Inhalt und die Form und darum, ob ihm etwas gefällt oder nicht. Vielleicht ist er ein Hedonist, ein richtig unreflektierter, nur dem eigenen Vergnügen nachgeifernder Bonvivant, der immer nur nach dem nächsten Lesevergnügen trachtet, ohne dass es ihn interessiert, wie die Person aussieht, die sich hinter den Wörtern versteckt, woher sie kommt, was sie sonst so macht, mit wem sie ins Bett geht und ob die Ich-Erzählerin im Buch vielleicht doch mit dem Autoren-Ich gleichzusetzen sei, denn immerhin kann man ja nichts glaubhaft erzählen, das man selbst nicht erlebt hat. Oder etwa doch?

Ich könnte hier zum Beispiel erzählen, wie es für mich war, an der Eröffnungsfeier des Schriftstellerwegs als einziger Mann über fünfzig anwesend zu sein und mich inmitten all der erfolgreichen, jungen Frauen machtlos zu fühlen, den einzigen Verbündeten im Moderator zu finden, der eigens dafür vom SRF-Wetterstudio angeheuert wurde. Ich könnte erwähnen, wie demütigend es sich angefühlt hat, meine erst so stolze Freude über das Mitwirken an einem Projekt an der Seite von drei wirklich grossen und erfolgreichen Frauen der Schweizer Literaturszene mit jedem Handschlag einer weiteren jüngeren Frau Stück für Stück zu verlieren, mit jedem wohlwollenden Schulterklopfen meinen Platz in dieser von jugendlicher Leichtigkeit beherrschten femininen Welt noch deutlicher zugewiesen zu bekommen. Ich könnte beschreiben, wie unangenehm mir die Situation war und dass nur meinen drei älteren, lange vertrauten Freundinnen ebenfalls auffiel, wie unausgeglichen das Geschlechter- und Altersverhältnis war und dass ich das Gefühl hatte, dass nur sie imstande waren, nachzuvollziehen, womit Männer – noch dazu in meinem Alter – in dieser Szene zu kämpfen haben, in der man sich trotz Talent nicht einfach so behaupten kann, weil man immer wieder reduziert, unterschätzt, nicht ernst genommen wird. Ich könnte berichten, wie ausgenutzt ich mich gefühlt habe, weil ich mich als

Quotenfüller verstand und wie sich alles erst besserte, als ich endlich aus diesem Stadttheater raus war, an der frischen Luft, weg vom Frühstück und all den jungen Schriftstellerinnen.

Natürlich würde mir das niemand glauben, schliesslich bin ich eine junge Frau und ältere Männer fühlen sich jungen Frauen gegenüber nur selten unterlegen. Ich würde also eine schlechte Story erzählen, denn niemand könnte sich mit diesem Mann identifizieren, das Ganze wäre gänzlich weltfremd und es würde sich nicht verkaufen lassen, niemand wollte das drucken und noch weniger wollten es lesen. Ausser vielleicht dieser Hedonist: Er würde den Text lesen und Vergnügen daran finden, in eine Rolle zu schlüpfen, die er noch nicht kennt, die es in dieser Form wahrscheinlich gar nicht gibt und die er sich in seinen wildesten Träumen nicht ausgemalt hat, weil die Vorstellung an sich doch gar nicht so wild ist, sondern ziemlich realistisch, nur eben unter umgekehrten Vorzeichen.

Man muss kein Hedonist sein, um einfach nur lesen zu wollen und sich nicht darum zu scheren, woher das kommt, was einen daran fasziniert. Alles, was Literatur braucht, um gut zu sein, ist ihr Inhalt – ohne Klappentext und Autorenfoto. Sie braucht nur die eigene Sprache und die Fantasie des Lesers, um das zu sein, was sie sein will: Kunst und Horizonterweiterung, Geschichtenerzählerin, Denkerin und Unterhaltung. Woher sie kommt und wohin sie geht, ist dabei so unwichtig und unerklärbar wie der Ursprung der Menschheit, deren Sinn und Ende. Also lest und schreibt und lebt, wo ihr wollt. Olten ist eine Option.

ALT WERDEN, 25+

Dass ich älter werde, merke ich eigentlich immer nur an den anderen. An den Neuen, den Jüngeren, denen, die nach mir geboren wurden und jetzt trotzdem schon reden und denken und studieren und so richtig erwachsen sind. Irgendwann haben die einfach angefangen, *mehr* zu werden. Vor zehn Jahren existierten für mich noch gar keine jüngeren Menschen, und wenn doch, dann waren das alles noch Kinder oder Hosenscheisser und sie hatten eh keine Ahnung, weil wir älter und viel, viel cooler waren.

Aber irgendwann hat das mit dem proportionalen Verhältnis von Alter und Coolness aufgehört, und jetzt, wo ich kurz vor meinem Masterabschluss stehe und nach geltender Altersregelung in der Uni eigentlich der Babo schlechthin sein müsste, sind da plötzlich überall diese jungen und unverschämt gut aussehenden Menschen mit Idealen. Und sie sind viel mehr als ich. Eine ganze Armee von jüngeren Boys und Girls erklimmt schallend lachend und mit coolen Sonnenbrillen auf den Nasenrücken den Thron der Jugend und äschert lässig ihre Zigaretten über meinem Kopf ab.

Und ich stehe bloss wortlos darunter und denke: Fuck. Jetzt bin ich alt.
Ich bin in *der* Zeit angekommen, in der ich abends in der Bar längst nicht mehr die Jüngste bin und mich zuweilen frage, was die Kinder hier alle wollen. In der Zeit, in der Leute, die mit mir zur Schule gegangen sind, heiraten und aufwendige, mehrteilige rosafarbene Einladungen verschicken und sich einen Geldbeitrag für ihre neue multifunktionale Küchenmaschine wünschen. Ich befinde mich in einer Zeit, in der meine Freundinnen und Freunde Kinder machen – und sie behalten.

Und plötzlich bin ich so weit weg von diesem Thron, auf dem sich jugendlich unsinnige Leichtigkeit mit abgrundtiefem Selbsthass und kompromisslosem Idealismus abwechselt. Ich stehe daneben und betrachte geschockt und verzückt zugleich die Pracht dieser Zeit, wie sie sich wie das Tal nach einer Bergwanderung zur Übersicht darbietet.

Und ich stehe auf dem Gipfel meiner Quarterlife Crisis. Denn ich bin jetzt *wirklich* erwachsen. Es ist nicht mehr neu und aufregend erwachsen, sondern nur noch: erwachsen.
Ich mache keine jugendlichen Dummheiten mehr. Sondern nur noch Dummheiten. Solche,

über die ich vorher lange eingehend nachdenke und sie dann trotzdem mache – meistens nicht aus Spass oder Spontaneität, sondern einfach nur aus Dummheit. Es ist sehr viel unbefriedigender geworden, Dummheiten zu machen, weil ich ja weiss, dass ich es besser wissen müsste.

Ich denke sowieso die ganze Zeit sehr viel über alles nach und versuche, mich zu einem guten Menschen zu entwickeln und ein besserer Mensch zu werden und immer gesund zu kochen und die Zähne gut zu putzen und regelmässig abzustauben und ich ziehe fast gar keine hohen Schuhe mehr an, weil sie mir weh tun und ich einfach zu bequem geworden bin, um mich für andere Menschen in unbequeme Sachen zu quetschen.

Auf diverse Dinge habe ich einfach keinen Bock mehr. Ich habe zum Beispiel fast nie Lust, mich zu schminken, und wenn, dann nicht so, wie die Konvention das gerne hätte. Aber ich habe auch keine Lust, mich mit Menschen darüber zu unterhalten, warum ich nicht – oder so eigenartig – geschminkt bin und deswegen gehe ich dann manchmal gar nicht erst raus, weil das dann einfacher ist und ich nicht mit Menschen reden muss, mit denen ich nicht reden will.

Ich möchte generell nur noch mit Menschen reden, mit denen ich gerne rede, aber das sind leider nie die, die von alleine auf mich zukommen.

Also bleibe ich lieber gleich zu Hause oder besuche meine Freundin und ihr Baby, dafür muss ich mich nämlich weder anstrengen noch schminken, denn wenn man eine jüngst Mutter gewordene Freundin besucht, lasst es mich euch sagen, ist man niemals die Person mit den tieferen Augenringen.

Ja und wenn ich dann nach drei Stunden Teetrinken und Seriengucken mit ein bisschen Babykotze auf meinem Shirt nach Hause komme, ein weisses Haar entdecke und beschliesse, es diesmal nicht auszureissen – einfach, weil es zu aufwendig ist, mit der Pinzette dieses eine verfickte Haar rauszunibbeln –, den Spiegelschrank schliesse und in meine Augen schaue, dann spüre ich irgendwo ganz tief in mir drin ein wohlwollendes, warmes Gefühl der Befriedigung. Denn eigentlich ist es doch ganz schön, wenn man nicht mehr die ganze Zeit cool und hübsch und idealistisch, jung und hip und geil sein muss. Nein, manchmal ist es auch einfach schön, endlich erwachsen zu sein.

PLÖTZLICH UND UNERWARTET

Es passiert an einem ganz normalen Abend vor dem Fernseher. Meine Füsse befinden sich – in flauschig dicke Socken gekuschelt – auf dem Couchtisch, mein Hintern ist auf dem dazugehörigen Sofa eingesunken. Meine beiden Katzen haben sich zu meinen Füssen eingerollt und ich verdaue gerade mein Abendessen: selbst gemachtes rotes Thaicurry. Viel zu viel davon, wie üblich, einfach, weil es so lecker schmeckt und noch was übrig war.

Es geht mir gut heute, zumindest so gut, dass ich mir noch keine Gedanken darum gemacht habe, wie es mir denn geht und weshalb, bis plötzlich diese Werbung kommt – Klaviermusik unterlegt die in Sepiatönen weichgezeichneten Aufnahmen einer schwangeren Frau, die zum ersten Mal auf dem Ultraschall ihr Baby sieht. Ihre Augen füllen sich in einer Nahaufnahme mit Freudentränen. Es folgen Bilder von spielenden Kindern aus Afrika und aus dem Off sagt eine tiefe, warme und vertrauenswürdige Stimme: «Damit auch Babys aus Afrika gesund und geborgen aufwachsen können, spendet Pampers jetzt ...» den Rest höre ich nicht mehr. Kurz nach Beginn der Werbung fingen meine Augen an, sich komisch anzufühlen, ich verspürte einen Juckreiz in der Nase und musste verblüfft feststellen, dass mein Körper sich nun anscheinend entschieden hat, zu weinen. Jetzt sitze ich also da und weine wegen einer Windelwerbung. Erwachsen, studiert, selbstbewusst und anscheinend vollkommen durchgeknallt. Ich schäme mich und versuche mich zusammenzureissen, das kann ja wohl nicht wahr sein. Doch etwas tief in mir drin fühlt sich unendlich traurig und berührt, weil es so unfassbar schön ist, dass jetzt Geld nach Afrika geschickt wird, um Kindern eine geborgene Jugend zu ermöglichen. Ich bin so gerührt, dass ich sogar bei der darauffolgenden Dove-Werbung weiterheule, weil es doch so wunderbar ist, dass da nicht nur die standardisierten Models in der Werbung gezeigt werden, sondern ganz natürliche, ja ganz normale Menschen wie du und ich. Mittlerweile hat das Weinen richtiggehend Besitz von mir ergriffen und ich nicke zustimmend: Jawohl, es ist unglaublich wichtig, dass ihr alle wisst, dass ihr schön seid und Hautpflege ist doch wirklich für alle da, das sollte am besten auch nach Afrika gebracht werden, denke ich und hole mir ein Taschentuch.

Auf dem Weg zum Badezimmer frage ich mich, warum ich eigentlich weine. Irgendwo in mir drin meldet sich mein zwischenzeitlich lahmgelegter

Intellekt und hinterfragt das eben Geschehende – bleibt jedoch unfähig, meine Salzwasser absondernden Augen zu stoppen. Vielleicht bekomme ich ja bald meine Tage? Ein Blick auf den Kalender entpuppt diese einfache Erklärung als Illusion. Keine Menstruation in Sicht. Ich zweifle hart an meiner geistigen Gesundheit, während ich mir in der Küche ein grosses Stück Käse mit Honig hole und mich damit zurück vor den Fernseher setze. Ich habe grosse Lust, mir eine romantische Komödie anzusehen, und ekle mich ein wenig vor mir selbst. Wo ist bloss alles das geblieben, was ich an mir schätze? Wo sind mein Desinteresse und meine Verachtung gegenüber dem Mainstream? Ich erkenne mich nicht wieder. Ist es das nun? Ist das die Quarterlife Crisis? Werde ich nach Ablauf dieses Abends zu einem anderen Menschen werden? Werde ich danach nur noch Röcke anziehen, die bis über die Knie reichen, mir eine Handtasche für mehrere Hundert Franken kaufen und mir Gel-Nägel machen lassen? Bin ich dann dazu bereit, eine Familie zu gründen und meiner biologischen Pflicht der Fortpflanzung nachzugehen? Ist es das, wovon immer alle geredet haben, als sie sagten: «Dazu sind Frauen einfach geschaffen, du wirst es schon noch merken»? Aus Verzweiflung und Angst weine ich nun noch ein bisschen mehr. Das Salz meiner Tränen tropft auf den Käse und vermischt sich zusammen

mit dem Honig in meinem Mund, was erstaunlicherweise gar nicht so schlecht schmeckt und mich wieder ein wenig aufmuntert.
Als eine meiner Katzen sich neben mich legt und zu schnurren beginnt, werde ich von einem erneuten Heulkrampf erfasst. Ich liebe diese Katzen so sehr. Sie sind so unschuldig und so unendlich von mir abhängig, mein Herz droht vor lauter Liebe zu zerspringen. Ich stelle mir vor, wie viel krasser meine Gefühle wären, wenn es keine Katzen, sondern richtige Kinder von mir selber wären, und die schiere Möglichkeit einer solchen Gefühlsmenge erdrückt mich beinahe. Ich rotze so hingebungsvoll wie noch nie in meinem Leben. Mittlerweile ist der Couchtisch unter Taschentüchern versunken. Mein Mitbewohner ist einmal kurz aufgetaucht und hat sich dann mit hochgezogenen Augenbrauen langsam rückwärtsgehend wieder aus dem Staub gemacht. Er wollte mir wahrscheinlich nicht den Rücken zukehren, weil er wusste, dass ich das nicht hätte ertragen können. Seine Rücksicht berührt mich tief.

Als der schlechteste Film aller Zeiten mit schwacher Storyline und viel zu vielen bedienten Genderklischees endlich vorbei ist und ich mit Weinen aufhören kann, weil vermutlich zu wenig Wasser in meinem Körper übrig ist, um noch mehr Tränen zu produzieren, fühle ich mich zwar ausgetrocknet, aber auch ein bisschen erleichtert. Ich weiss zwar immer noch nicht genau, was gerade passiert ist, aber irgendwie ist es jetzt wieder okay. Die über den Bildschirm flatternde Werbung berührt mich nicht mehr im Geringsten, meine Katzen sind zwar immer noch süss, aber auch immer noch nur Katzen, und ich bemerke sogar, wie ich mich innerlich tierisch über die unreflektierte Rollenaufteilung der RomCom aufrege.

Ich schalte den Fernseher aus, gehe in mein Zimmer, ziehe mir einen verboten kurzen Rock an und bin froh, dass es vorbei ist und ich immer noch ich bin. Vielleicht, denke ich, muss man sich manchmal ein wenig verlieren und schwach sein, damit man den Rest der Zeit sich selbst bleiben kann.

MANDARINENTE

Als ich den Auftrag bekam, ein Tier im Zoo auszuwählen, um ihm einen Text zu widmen, musste ich nicht lange überlegen.
Denn wer ist der König der Wildnis? Wer bewegt sich im Wasser lautlos gleitend und an Land mit dem Gang und dem Hüftschwung Gottes? Wer hat die beste Körperhaltung der Welt, immer eine vor Stolz geschwellte Brust und kann sogar fliegen? Richtig: Die einzige, die wahrhaftige, die Königin des Tierreichs, der Lüfte, des Wassers und des Landes: die Mandarinente!

Die Mandarinente, meine Damen, meine Herren und alle dazwischen, die Krone der Schöpfung, ein so filigranes und doch so robustes Tier! Die Kleintiere schlüpfen nach rund 30 Tagen aus ihren Eiern und springen dann todesmutig aus dem bis zu neun Meter hohen Nest – ohne fliegen zu können! Nur mit ihren Schwanzfedern schaffen sie es, den Sturz auf ihre flauschigen Brustkörbchen ein wenig zu vermindern. Man stelle sich das bei den Menschen vor! Nach 30 Tagen kann ein Menschenbaby gerade mal Augenkontakt herstellen! Augenkontakt! Das Mindeste,

würde man meinen! Da presst man sich so ein Kind unter Schmerzen aus dem Körper und dann schaut es einem nicht mal in die Augen! Aber nicht so der Mandarinenten-Nachwuchs! Nein! Die flutschen rund und angenehm raus, dienen einen Monat als Sitzkissen und schlüpfen dann ganz von alleine! Ohne dass die Hülle nach dem Sprengen noch weiterleben und ihren Beckenboden neu trainieren muss! Mandarinenten-Küken sind aber nicht nur umgänglich und mutig, nein, sie sind auch flauschig, flauschig und putzig und so kuschelig weich, dass man sie für alternative Beruhigungstherapien in Heime für Soziopathen stecken könnte, wo diese bei blossem Augenkontakt bereits in Tränen ausbrechen würden, und wenn man ihnen dann so ein flauschiges Vogelkükenbaby in die zu fürsorglichen Bechern geformten Hände legen würde, dann wären sie einfach so geheilt, ohne Medikamente oder Psychotherapie oder irgendwelchen anderen Gugus. Nein, nur die reine Flauschigkeit dieser mit an Behinderung grenzend kleinen Flügelchen ausgestatteten Mandarinentlein würde all das Leid der gesamten Menschheit einfach hinfortfegen.
Aber damit nicht genug, nein! Denn diese kleinen Mini-Flausen werden zwar älter, aber nicht hässlicher – hier gibt es kein Puberty gone wrong, nein! Hier gibt es nur PUBERTY GONE VERY FUCKING RIGHT!

Die weibliche Mandarinente in ihrem schicken grauen Gewand, an der Brust eine runde Musterung von weissen Federn, eingerahmt in ein zartes Grau, das sich bis zu der Bauchdecke hinunter zu einem matten Braun entwickelt und im oberen Teil des Rückens, zu den Flügeln hin, in einen satten Bronzeton diffundiert. Abgerundet werden die edlen Schwingen der Dame mit je einer einzelnen kontrastierenden blaugrünen Zierfeder am Ende der beiden Flanken, die jeden Pfau daneben obszön und übertrieben aussehen liessen. Der graue Schnabel ist vornehm geformt und wird von weissem Flaum gekonnt umspielt. Der ebenfalls in noblem Grau gehaltene Kopffederschmuck trägt die selbstbewusste Mandarin-Dame in einem modernen Sidecut, der am Hinterkopf stylisch aufgeplustert wird und weissem Eyeliner gleich umrandet ihr Gefieder ihre tiefschwarzen Augen, in denen sich die Erpel reihenweise verlieren.

Doch auch das Männchen kann sich mehr als nur sehen lassen: ein wahrlich farbenprächtiges Wundertier, das den menschlichen Exemplaren in Sachen Schönheit so einiges voraus hat. Ein gewagter roter Schnabel mit neckisch weisser Spitze mündet in einen weissen, mit Orangebraun schattierten Kopf, über den ein vom Schnabel ausgehendes Band in einem (zu den Zierfedern des Weibchens passenden) Blaugrün bis über die

Stirn hinweg führt und zuletzt in einer ebenso schnittigen wie neuartigen roten Frisur endet. Die längeren Extensions am Hinterkopf sind wiederum in Blaugrün gehalten. Unter dem Schnabel zieren den prächtigen Erpel rotorange-goldene, mit weiss glänzenden Highlights mèchierte Bartfedern, unter denen ein satt violettblau schimmerndes Gefieder schliesslich in ein reines, weisses Bauchfell mündet.
Und von den Schwingen wollen wir gar nicht erst anfangen, oh, wie farbig sind diese Flügel! Für Synästheten eine Symphonie, für das ungeübte Auge eine fast schon überfordernde Pracht voller schillernder Farben und Musterungen. Ein Regenbogenfisch ist ein Dreck dagegen!

Mandarinenten sind Schönheit in lebendiger Form, Mandarinenten machen alles besser, Mandarinenten sind das Allerbeste, was aus Asien in die westliche Welt importiert wird, noch vor billigen Kleidern, billigen Schuhen, billigen Ferien, billigen Frauen und Sushi! Mandarinenten gelten im Gegensatz zu Frauen in ihrem ursprünglichen Verbreitungsgebiet für gefährdet, und hier hat man völlig zu Recht etwas dagegen unternommen! Denn Mandarinenten sind schützenswert! Mandarinenten sind die besseren Menschen! Wenn Menschen Mandarinenten wären, würden sie als Baby von Anfang an Augenkontakt machen und sich todesmutig selbst aus dem Bauch ins neue Leben stürzen, es gäbe nur noch gut verlaufene Pubertäten, Männer würden sich nicht mehr davor fürchten, Farbe zu bekennen, Frauen müssten sich nie mehr schminken, weil das Federkleid ihnen schön genug wäre, und Politik wäre unwichtig, weil wir zu sehr damit beschäftigt wären, uns zu mausern und unser Gefieder mit unseren Schnäbeln zu putzen. Und selbst wenn es immer noch Politik geben würde: Wenn Trump eine Mandarinente wäre, dann hätte er in etwa gleichem Farbton nicht nur eine schönere Frisur, sondern auch ein wesentlich besseres Mundwerk.

Und wem all diese Argumente noch nicht reichen, dem sei gesagt: Wenn sich die Enten und Erpel paaren, bleiben sie nicht selten mehrere Jahre zusammen, ohne gleich heiraten zu müssen oder sich sozialen Konventionen zu beugen. Auch hier sind sie den Menschen also anscheinend voraus. Und als Abschluss dieses Textes möchte ich nur noch drei Dinge sagen, so, wie es die Mandarinenten auch tun: üib! käk! kett!

EURE MÜTTER

Kürzlich war meine Freundin schwanger. Und wie das so ist, wenn Leute schwanger werden, sich neue Designerdrogen reinpfeifen, eine seltene Krankheit haben oder sich ein neues Hobby anlachen, wie zum Beispiel Fixiefahren oder keinen Abfall mehr produzieren und sich einen eigenen Wurmabfall in die Küche stellen: Sie reden darüber. Sie reden viel und ausgiebig und ausführlich darüber, wie es sich anfühlt, was die neue Lebensumstellung alles mit sich bringt und warum das so viel besser oder so anders oder so crazy ist. Sie beschreiben in jeder Einzelheit die neuen Erkenntnisse und teilen ihre Erfahrungen.
Long story short: Sie war schwanger und hat angefangen, viele Bücher über's Schwangersein zu lesen und infolgedessen viele Dinge über diesen spezifischen Zustand des weiblichen Körpers zu wissen, die sie dann mit mir geteilt hat. Und wie abgespaced diese Facts waren. ALTER. Uterusse (Uteri?) sind so crazy! Frauen sind so krass! Und Geburten!

Natürlich gibt es auch Dinge, die ich trotz mangelnden Fachwissens zu bezweifeln wage: Zum

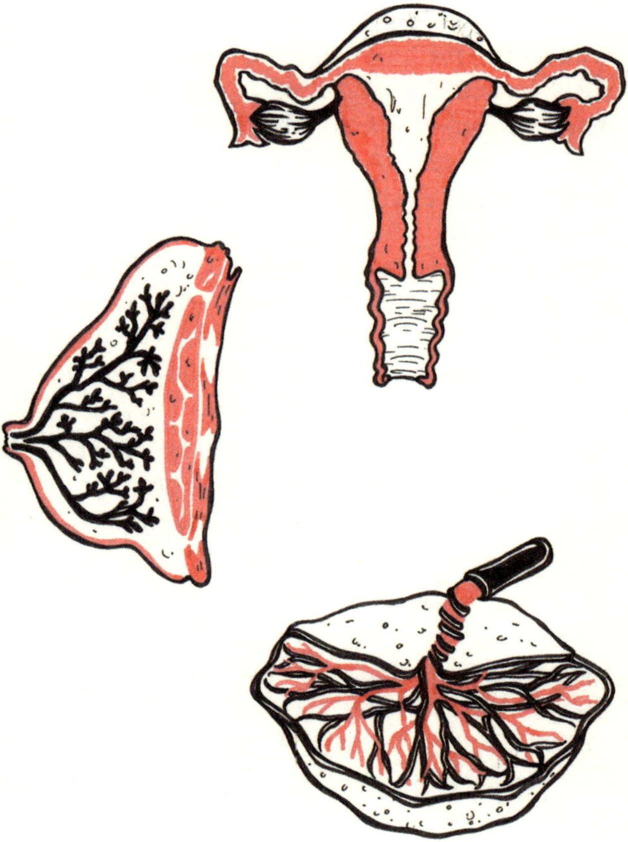

Beispiel, dass man sich nicht die Haare färben sollte und keinen Nagellack benutzen, wenn man schwanger ist, weil alles, was die Mutter macht, auch dem Baby angetan wird. Dass man kein rauchendes Baby auf die Welt bringen will, kann ich ja noch verstehen, obwohl's von den Schmerzen her wahrscheinlich auch keinen Unterschied mehr machen würde, wenn das Baby noch eine brennende Fluppe in der Hand hielte, aber ein bisschen mehr Diversität würde nicht schaden. So ein paar farbige Fingernägel oder bunte Strähnen im Haar würden der ganzen Genderdiskussion bestimmt gut bekommen. Ausserdem ist es vielleicht gar nicht so schlecht, wenn man dem Fötus bereits im Anfangsstadium einige kleine Herausforderungen zutraut. Vorausgesetzt, das Kind wird nicht männlich, hetero, weiss und reich geboren, wird es sich mit Sicherheit im weiteren Verlauf des Lebens mit sehr viel grösseren Hindernissen konfrontiert sehen als mit ein bisschen Nitrocellulose, Lösungsmittel und Weichmacher im Fruchtwasser.

Apropos Fruchtwasser: Ab dem vierten Monat atmen und trinken Föten das Fruchtwasser, in dem sie schweben, und bilden so ihre Lunge und ihren Verdauungstrakt aus. Sie *atmen* das Frucht*wasser!* Da soll mal noch einer sagen, Frauen seien nicht magic!

Zehn Monate lang bildet sich in der Gebärmutter aus einem winzigen Spermium und einer im Vergleich dazu riesigen Eizelle ein kompletter, kleiner Mensch! Da könnt ihr mir erzählen, was ihr wollt: Männer leisten *nicht* die Hälfte. Das heisst nicht, dass sie keine guten Väter sein können oder nicht so wichtig sind für das Kind oder keinen Anspruch auf das Kind haben, es heisst nur:

Wir alle waren mal nichts als ein von blossem Auge nicht sichtbares Konglomerat aus Eizelle und Spermium, das im Bauchraum unserer Mutter durch Zellteilung zu einem vollständigen Menschen herangereift ist, als Teil *ihres eigenen Körpers.* Wir alle sind in einem Uterus eingenistet unter den Herzen unserer Mütter herangereift, ihr Blut war unser Blut, ihre Nährstoffe waren unsere Nahrung, ihre Wassereinlagerungen waren unser Fruchtwasser, das wir *geatmet und gegessen* haben, ihre Plazenta hat uns mit Antikörpern versorgt und *her body was our castle!* Die Körper unserer Mütter haben gekotzt, gelacht und gelitten, sind auseinandergerissen und wieder verheilt, haben sich gedehnt, sind gewachsen und wieder zusammengeschrumpft, ihre Organe wurden von unseren wachsenden Körpern verdrängt, ihre Blasen und Lungen hatten weniger Volumen – sie mussten die ganze Zeit pinkeln und konnten ihre eigenen Schuhe nicht mehr binden und sie durften sich nicht mal besaufen, um das Ganze besser zu überstehen! Sie haben geschrien und die schlimmsten Schmerzen der ganzen Welt überstanden, geblutet, geweint und unseren Kopf durch ihre Vaginen gepresst. Wir alle wurden zu Beginn unseres Lebens aus geschwollenen Brüsten und geschundenen Brustwarzen mit Muttermilch ernährt, die genau auf unsere spezifischen Bedürfnisse abgestimmt war. Unsere gesamte Existenz evolvierte sich in den ersten Monaten unseres Lebens um die Mutter, die einzige, die wahre, die Schöpferin des Lebens, also verzeiht mir, aber nein, ein männlicher Orgasmus ist nicht ganz die Hälfte davon. Euer Spermium ist wichtig, ja. Eure Unterstützung und Liebe auch, ja. Und Väter sind auch wichtig, mhm. Aber die Bindung zur Mutter ist ein abartiges Konstrukt, ein unbegreiflich tief greifendes Phänomen. Oder wie erklärt ihr euch das panische Gefühl, das einen unabhängig von Alter, Bildungsstand oder Situation befällt, wenn das Handy klingelt und man sieht, dass es Mama ist? In keiner Situation löst ein Telefonat des Vaters die gleiche psychologische Panik aus! Niemals kann ein Vater mit harmlosen Fragen solch unterschwellige Schuldgefühle schüren wie eine Mutter. Wenn mein Vater mich fragt, wie es mir geht, sage ich: Gut, und dir? Aber wenn meine Mutter mich fragt, wie es mir geht, dann frage ich mich selbst: Ja, wie geht es mir eigentlich?

Grundsätzlich lassen sich praktisch alle Fragen, die eine Mutter stellt, mit einer einzigen Aussage übersetzen: Muss ich mir Sorgen machen? Klassische Fragen, wie: Bist du heiser? Bist du gerade erst aufgestanden? Warst du gestern noch weg? Oder auch einfach: Wo bist du? Heissen eigentlich alle: Du bist ein Teil von mir. Ich musste dich unter Schmerzen von mir trennen und dann hast du ein eigenes Leben angefangen. Ich habe keine Kontrolle mehr über dich, aber trag wenigstens Sorge, denn wenn du *dir* weh tust, dann tust du *mir* weh und ich habe weiss Gott schon genug Schmerzen gehabt wegen dir.

Also denkt daran: Egal, welche neuen Drogen ihr probiert oder was ihr alles über Fixies wisst, wie ihr euch ernährt oder welche Witze ihr lustig findet: Eure Mütter sind krasser. Also ruft sie ab und zu an, schickt ihr ein Kuss-Smiley oder geht wenigstens ran, wenn euer Handy klingelt – egal, wie viel Schiss ihr gerade habt. Es sind immerhin eure Mütter.

Lisa Christ (*1991) ist seit 2007 als Slam Poetin und Autorin auf den Bühnen des gesamten deutschsprachigen Raumes unterwegs. Die ehemalige U20-Schweizermeisterin stand 2016 im Finale der deutschsprachigen Meisterschaften in Stuttgart. Ihr Studium in Vermittlung von Kunst und Design schloss sie 2017 an der FHNW mit einer Arbeit über Humor in musealer Kunstvermittlung und ihre satirischen Museumsführungen erfolgreich ab. 2016 erhielt sie vom Kanton Solothurn den Kulturförderpreis für Literatur, 2017 ein kantonales Atelierstipendium. Momentan arbeitet sie an ihrem ersten abendfüllenden Programm.

Antonia Vögeli (*1989) ist Lehrerin für Gestaltung und Kunst. Nebst ihrer beruflichen Tätigkeit zeichnet, illustriert und malt sie eindrucksvolle Bilder voller Liebe zum Detail. Nach dem erfolgreichen Abschluss ihrer gymnasialen Matura 2010 besuchte sie den Vorkurs an der Hochschule der Künste Bern und absolvierte daraufhin ihren Bachelor in Vermittlung von Kunst und Design an der Fachhochschule Nordwestschweiz, den sie 2015 erfolgreich abschloss. Momentan arbeitet sie als Lehrerin und führt ihr Studium im Masterstudiengang fort.

Büro für Erklärungsnotstände
«Warum haben Bananen immer die Nummer 1?»
ISBN 978-3-906311-37-1

Bänz Friedli
«Es ist verboten, übers Wasser zu gehen»
ISBN 978-3-906311-45-6

Bänz Friedli
«Und er fährt nie weg»
ISBN 978-3-906311-01-2

Kilian Ziegler

«Vorübergehend stehen bleiben»

ISBN 978-3-906311-34-0

Frölein Da Capo

«Episödali»

Gschrebnigs & Zeichnets

ISBN 978-3-906311-12-8

Frölein Da Capo

«Buntes Treiben»

Noch mehr Episödali

ISBN 978-3-906311-32-6

Besten Dank für die Unterstützung

kultur

Däster-Schild Stiftung, Grenchen

Der Knapp Verlag wird vom Bundesamt für Kultur mit einem Strukturbeitrag für die Jahre 2016 – 2018 unterstützt.

Die Herausgabe wird durch den Verein «Freunde des gepflegten Buches» gefördert. www.freunde.knapp-verlag.ch

Layout | Konzept Monika Stampfli-Bucher, Solothurn
Korrektorat Petra Meyer, Beromünster
Illustrationen Antonia Vögeli, Solothurn
Druck CPI - Clausen & Bosse, Ulm

1. Auflage, April 2018
ISBN 978-3-906311-46-3

Gedruckt auf umweltfreundlichem FSC-Papier.
www.knapp-verlag.ch